義理と人情
長谷川伸と日本人のこころ

山折哲雄

新潮選書

まえがき

いま、長谷川伸という名を聞いただけでどれだけの人が、その作品について、人間について知っているだろうか。名前だけは覚えている人でも、どんな小説を書いた人かまではほとんどの人が知らないのではないだろうか。

私は長いあいだ勤めた研究所をやめたとき、大方の蔵書を処分してしまったが、二人の全集だけは手元にのこした。死ぬまでのあいだじっくり読みつづけ、わがこころの糧にしようとひそかに思っていたからだ。それが『柳田國男全集』(筑摩書房)と『長谷川伸全集』(朝日新聞社)だった。

どうして、この二人の全集だけをのこしたのか。長谷川伸は、日本人の精神の基層に横たわる倫理観に光をあて、そこにひそむ義理人情の感覚をもっとも的確につかみ、みごとに表現した作家と考えていたからである。そしてこの長谷川伸のいう義理人情の世界を支えたのが、まさに柳田国男が発見した「民俗」社会だったにちがいないと思ったからだ。庶民の倫理観、すなわち義理人情の土壌がその民俗社会のなかでどのように育ったのか、柳田国男と長谷川伸の視線を通して明らかにしようと考えたのである。

私が長谷川伸の世界に魅かれたのは、子供のころ講談や浪曲の「語り」が好きだったということがあるかもしれない。長ずるに及んでその「語り」がたとえば近松門左衛門の浄瑠璃や「平家物語」の語り、さらにさかのぼって「謡曲」や「源氏物語」のなかに脈々と流れている語りにも通ずることに気づくようになった。

その「語り」の伝統が、独特のリズムをともなって人々の五臓六腑にしみこむようになったとき、われわれのモラル、庶民の大衆道徳ができあがったのだろうと、漠然と考えるようになっていた。ところが、この義理人情の浪花節《なにわぶし》的な庶民感覚は、どうしたわけかとくに戦後になって社会から忌避されるようになった。とくに知識人やマスメディアのあいだで人気がなくなっていく。近代的な知性や感性にはそぐわないものとして軽視され、侮蔑され、排除されていった。占領軍が、いわゆる「時代もの」や「チャンバラもの」を禁止した影響もあっただろう。ともかく封建時代の遺物だとか、義理人情の世界では個の自立も個人の尊厳も手にすることはできないとか、いわれのない非難を浴びて一方的に断罪されてしまったのである。

それで、長谷川伸の文学世界も、どこか下に見てしまう社会的な風潮ができあがってしまったのだろう。庶民は今日なお、生活感覚としての義理人情を大切にして生きているはずなのに、アカデミズムやマスメディアでは、今日流行のポップカルチャーの領域においても、いまだに軽視と蔑視のまなざしをそそいで改める気配はみられない。

長谷川伸は明治の人である。母親と生き別れ、小学校も卒業せずに、父親がやっていた土木請負業の世界に入り、さまざまな職業遍歴の末、作家となった。その作品のフィクションとしての完成度はきわめて高く、そこには氏自身の実体験がしみ通り、独特のリアリティーをかもしだしている。江戸時代からつづくアウトローの世界もよく知っていた。民俗社会に深く根づいた掟（モラル）についても、からだで知っていた最後の作家だった。

長谷川伸はこれまで、しばしば股旅作家とも大衆作家とも呼ばれてきたが、そこに描きだされる人間群像の特徴は、いずれも暗い過去を背負ったはぐれ者たちであり、社会的な弱者や敗者たちだったことだ。そしてこのような人々の生活は、かつての日本の庶民の世界ではけっして珍らしいものではなかったのである。

だから氏が知っていたいわゆる「やくざ」社会なるものも、現代のわれわれがイメージするのとはかなり様相を異にしていたはずである。任侠道の世界といってもいいが、そのようなアウトローの人間模様はもっと切実な広がりをもっていたのである。

長谷川伸がとびこんだ土木請負業にも、各地から土工のような働き手が集まっていた。放浪しているはぐれ者同士が、ある現場で出会う。そのアウトロー的な修羅場にまぎれこんで、かえって互いのきずなを結び合い、その輪を広げていた。

氏は自伝の『ある市井の徒』のなかで、当時、そのような流浪の土工たちのことを「西行《さいぎょう》」と呼び慣わしていたのだといっている。これはかつての西行法師の「西行」にかこつけて呼んでいたものであろう。諸国を放浪して歩いた出家僧と、いわゆる遍歴職人たちの苦難の旅のイメージが重ねられている。もともと旅の僧も遍歴職人も、こわれた道や橋をつくり直したり、井戸を掘ったり、各地でいろんな普請の仕事にたずさわっていた。ときには、義理や人情の名を盾にやくざまがいの博打や喧嘩出入りに身をのりだし、騒ぎをおこす。そんな世界の残り香のようなものを長谷川伸は知っていた。

「やくざ」社会とはいっても、それはかならずしも定住民ではない。はぐれ者たちの世界を広く包みこんでいた社会だった。農耕民的社会ではなかったというだけの話で、そのため定住する農耕民からは怖れられるとともに、憧れの目でみられてもいた。はぐれ者の方は旅から旅の生活のなかで、人恋しくなって人の情けに憧れる。そのはぐれ者たちが深い人情に触れたときの驚きと感激、そしてその震えるようなこころのひだを描きだすうえで、長谷川伸ほどの名手はほかにいなかったのではないだろうか。

戦後になってわれわれは、いつのまにか経済的繁栄を謳歌する時代の波にのって、このような長谷川伸的世界を忘れてしまっていた。繁栄したかにみえる豊かな社会の底辺に、長谷川伸のいうはぐれ者たち、弱者や敗者たちが息をひそめて生きつづけていたことに注意をむけなくなってしまっていた。

けれども、どうだろう。いま、あらためてわれわれの周囲を見渡すとき、新しい時代の新しいはぐれ者たちが大量に発生しはじめていることに気づく。ちょっと前までは、かれらの多くはニートとかフリーターとかいわれていた。ところが最近になってにわかに、ネットカフェ難民とか非正規雇用者と呼ばれる人たちが急激に増えている。とくに若い世代の人たちが多いのだという。

時代はまさに、長谷川伸の時代に逆戻りしつつあるのではないだろうか。そのように考えると、長谷川伸はこれまで義理人情の股旅作家とかたんに任俠の世界を描いた大衆作家といわれてきたけれども、そのような評価は、じつは間違っていたのかもしれない。いかなる時代にあっても、動機や背景を異にしながら、社会からはみだす、ドロップアウトする、そんな人たちがたくさん存在していたのである。そのような人びとの心情やまことの気持をすくいあげようとした作家が、じつは長谷川伸だったのだ。

長谷川伸が、もしもいまこの世に生きていれば、さきにあげた非正規雇用者とか、あるいはネットカフェ難民を主人公にした小説や芝居を書いていたにちがいない、そういう人たちを励まし勇気づける作品にとりくむにちがいない、そう私は思っているのである。

目次

義理と人情　長谷川伸と日本人のこころ

第一章　『夜もすがら検校』と『沓掛時次郎』

水上勉の回想

水上勉さんの話が、いまでも私のからだに染みこんでいて離れない。それはこんな風にはじまる。

昭和二十三年の春ごろだったという。氏はそのころ、世田谷にあった文潮社というところにいた。たまたま「大衆文学名作選」と銘打つ企画にかかわり、編集会議で長谷川伸の『夜もすがら検校《けんぎょう》』を一番に推した。

これにはもちろん理由があった。

水上さんが京都の寺で小僧をしていたころ。天神さま（廿五日）の夜店で、もっとも安くもっとも読みごたえのある平凡社刊の大衆文学全集を買った。ぶ厚い、青い布表紙の一冊で、五銭か八銭ぐらいだった。それをむさぼるように読んで、佐々木味津三《みつぞう》、吉川英治、土師《はじ》清二などの作品が頭に深く刻まれた。長谷川伸先生のでは、表題作が何であったかは忘れてしまったが、『夜もすがら検校』に圧倒されたことだけは忘れることができない。その、たった三、四頁しかない短篇小説が、なぜ私の心を打ったのだろう。

そう書いてから、水上さんはつぎのような少年時代の回想に入っていく。

じつは私に盲目の祖母がいた。祖母は全盲で、杖歩きして七十二まで生きたが、私はこの祖母に背負われて村じゅうふれごとしながら歩いたことは小説にも書いた。私が歩いたのではなく、背中から道びきしつつ、盲目の祖母を誘導したのである。いまでも、この祖母が死んだ時のかなしみを忘れないが、ある日、祖母と洗い川に落ちて、盲目の祖母が、「つとむよ、つとむよ」と水びたしになって、私をさがしているのを、村人に助けだされたことがある。三歳ぐらいだから、はっきりした記憶もない。たぶん、私の道びきがわるかったので、足をふみはずした祖母が、背負っていた私もろとも川へ落ちたのだろう。

（水上勉「『夜もすがら検校』のこと」、『長谷川伸全集』付録月報No.15、朝日新聞社、昭和47年5月）

浅い川だったから、水上さんは溺れることはなく岸に放りだされた。けれども祖母は水につかって、「つとむよ、つとむ」と孫を探し求めていたことをあとになってきかされた、と書いている。やがて成長し、京都の寺で小僧生活をしていた水上さんが、長谷川伸の出世作『夜もすがら検校』と出会う。その冒頭を読み、闇を生きていた祖母のかなしみが、あの検校の雪の道のかなしみと重なったのである。

短篇小説『夜もすがら検校』は、大正十三年（一九二四）、作者が四十歳のとき「新小説」に発表された。これは短篇ではあるけれども作家としての長谷川伸の存在を決定づけたものであり、かれの代表作の一つとされてきた。大正十四年にはそのときまで勤めていた都《みやこ》新聞を退社し、文筆生活に入っていくきっかけをつくったという点でも作者にとって思い出ぶかい小説だったはずだ。

まだ修業時代の水上勉の心を打った冒頭の部分を再現してみよう。

「夜もすがら検校」という盲目の平家琵琶の名手がいた。江戸に呼ばれ名声を博したが、秋風の吹くころになって妻のいる京都に帰ることになった。江戸には友六という召使がいたが、滞在中、その友六の仲介でりよという、夜伽《よとぎ》の女を抱えた。江戸を離れるにあたり、女一人ぐらい家へ召しつれたとて、世上の沙汰もあるまいと、三人づれで江戸を出立した。

信濃に善光寺如来を拝み、木曾川を渡って美濃に入るころには冬になっていた。その道すがら、雪が降ってきた。しだいに降りしきる雪の寒さのなかで検校の疑念が氷のように胸元をつきあげてきた。友六とりよの挙動に不審を抱きはじめたからである。二人の存在がすこしずつ検校の足元から離れていく。駕籠にのせられていて、それが気配でわかる。嫉妬のほむらが燃えあがり、ひがみが露骨になって口汚く罵った。

気がついたとき検校は駕籠から引きだされ、雪のなかに放り捨てられていた。その見えぬ眼がみはられたとき、友六の腕が検校のふところにねじこまれた。胴に巻いた金子《きんす》が包みごと奪われ、そのまま雪のなかに圧し倒された。二人が立ち去ってのた打ちまわるなか、かれは死を覚悟する。そのときだった。日ごろ愛誦していた『平家物語』「女院往生」の段が口からもれてきた。

去るほどに、寂光院の鐘の声、今日もくれぬと打ち知られ、夕陽西に傾けば、還御ならせ給ひけり、女院はいつしか昔や思しめされ給ひけむ……（『長谷川伸全集』第十三巻、一一二頁）

検校は命をとりとめた。それがこの小説の、前段部分の幕切れだった。

水上勉さんは、十八、九歳のころまでに平凡社の全集で大半の大衆文学を読んでいたという。しかしこの『夜もすがら検校』ほど、身につまされてのめりこんだ小説はなかった。その圧倒的な感動が、寺の小僧だった自分に小説を書きたいというような大それた芽をふかせたのである……。

その後東京に出た水上さんは、出版社に勤めて、「大衆文学名作選」と銘打つシリーズに、この作品を一番に推薦したのだった。その復刻版をもってさっそく長谷川先生のところへうかがいたかったが、なぜか、会うことがこわかった。尊敬している作家に、会いたくても会えないようなところが自分にはあった。このことが残念なことの一つで、とうとう長谷川先生にお目にかかることがなかった。

そして、つぎのように記してそのエッセイをしめくくっている。

小説に惚れる道にいろいろあって、祖母への思慕から、名作のこころがいつも新しくよみがえることもありがたい。祖母は琵琶ひとつひけない貧しい盲目の農婦だったが、このことも、長谷川伸先生はゆるして下さることと思う。理の世界に真はあるものでなく、心情のふかい底にそれが光ってあることを「夜もすがら検校」は私に教えている。先生にお会いできたら、瞽女《ごぜ》のはなしをしたかった。しかし、もうそれもおそい。

（『長谷川伸全集』付録月報№15）

命をとりとめた検校は、その後どうなったか。それがこの『夜もすがら検校』の中段以降になる。

美濃の山中で駕籠から引きだされ、雪のなかに放り捨てられていた検校を助けたのが、たまたまそこを通りかかった若蔵という百姓の若者だった。彼は貧に窮し、夜逃げをしようとしていたのである。こごえ死にしそうな検校を家に運んでも、そのからだを暖めるものが何もない。

そこで仏壇をこわして焚きはじめた。そのほかに馳走するものが何もなかったからだ。やがて若蔵は、失なった田畑を買いもどすため他郷へ働きに出立し、検校は再会を約し後髪を引かれる思いで京都に旅立っていった。

三年の月日が流れる。底冷えの冬になって、若蔵が検校の家にやってきた。諸国を流浪してはたらいたが、まだ目的をとげていない。検校夫婦は心をつくして歓待につとめ、金子の提供を申しでた。が、若蔵は固辞して受けようとしない。自分の身上は自分の努力でつくりあげる。他人の情けはいらぬことと突っぱねる。

応対に窮した検校は、愛用の琵琶の名器一面をとって、「有王《ありおう》島下り」を語りだした。鬼界ヶ島に流された俊寛僧都《しゅんかんそうず》に仕えていた有王の話である。主人だけに赦免がかなわぬのを嘆き、唐船にのってはるばる島まで僧都に会いにゆく、けなげな童の島下りの段であった。

語り終えた検校は、何を思ったかその「高嶺《たかね》」と称された琵琶を打ち砕き、囲炉裏の火にくべはじめた。めらめらと燃え立つ煙は、あの雪の夜に感じた、仏壇が焚かれているときのと同じであった。それが命の恩人にたいして何もさしだせないでいた検校の、最後の心遣りだったのである。

……人に綽名《あだな》された夜もすがら検校の琵琶も若蔵殿には好まぬところじゃ、衣食も金も、芸も、こうなっては力のないものじゃ、そこではじめて思いあたったのは誠心《まごころ》というもの一つじゃ、「高嶺」はわしが無二の重宝、若蔵殿が夜逃げに、背負うた仏壇とくらべて甲乙なしじゃ、それを破《こわ》して火にくべたのは誠心をせめても現わしてみたかったからじゃ、わしは今燃えている「高嶺」が発する火気に焙られる皮一重下の心には愛情の情が動いてやまぬのじゃ、……

（傍点筆者、『長谷川伸全集』第十三巻、一九頁）

召使と愛人に捨てられ雪のなかで死を覚悟したとき、「女院往生」の一段が検校の口の端に蘇ったことは、さきにふれた。その場面で作者は、検校の耳にどこからともなく鐘の声がひびき、その盲目の瞼のうらに西方に沈む夕陽が映っていたと書いている。それが夜もすがら語りつづける検校として名をえた人間の「最期の心がけ」であった。そのときかれの耳元で鳴っていた「鐘の声」は愛の無常をしずかにひびかせていたにちがいない。

後段の、命の恩人に報いようとする検校の姿も、その平家琵琶の撥《ばち》さばきのなかで鮮やかな輝きを放っている。「有王島下り」の有王の運命に検校は自分のそれを重ねようとしているが、その思いはむろん作者自身のものでもあったろう。「平家」琵琶の旋律がいつも長谷川伸の心の底に流れていたことを、それは示しているのではないだろうか。そのなかからとくに「女院往生」と「有王島下り」をとりだしているところも心憎い。

琵琶の名器「高嶺」を火にくべる場面が、こうしてこの作品の最後を飾ることになる。仏壇を焚いて助けてくれた若蔵に報いる最後の段である。衣食も金も、芸も、何の助けにもならない、それだけが自分の「誠心《まごころ》」だといってさしだした無償の行為である。それをここでは検校の口をかりて、「高嶺」が発する火気に焙られる皮一重下の心には「愛情の情が動いてやまぬのじゃ」といわせているのである。

検校の最後の切り札である「誠心」が、じつは「愛情の情」に発するのだといっているところが私の目をとらえてはなさない。「愛情の愛」とはいわずに「愛情の情」といっているところが胸にひびく。愛は情においてきわまるという感覚だろう。愛はそれ自体何ら確固たる基盤をもたぬという気分をあらわしているともいえる。私流儀のいい方でいえば、愛無常の意識である。愛が確固たる基盤をもたないものであり無常であるならば、その危うい愛を最後に掬いとるものこそ、「誠心《まごころ》」というものではないか。愛情の「情」というものではないか。

その「情」の発露がたとえば『平家物語』の語りの旋律のなかに結晶している。それが夜もすがら検校の思いであり、長谷川伸の願い、だったのではないだろうか。

『夜もすがら検校』が、大正十三年、四十歳のときに「新小説」に発表された作品だったことについてはさきにふれた。それを機に、彼は同十四年に都新聞を退社して、文筆生活に入っていく。

その長谷川伸を思いもかけない不幸が襲う。翌十五年の秋、長いあいだ苦楽をともにした妻まさえを肺壊疽《はいえそ》のため失なったからだった。歯の治療に失敗したのがもとで、手当てをする間もない急逝だったという。妻は、まだ数え四十一歳の若さだった。麻布十番の芸妓だった松田まさえは辛い障害をのりこえて、新聞記者だった長谷川と世帯をもった。正式に婚姻届けを出したのが大正七年、その三年後になって、当時新開地だった五反田の花柳界に移り、蔦屋という芸者置屋の看板を掲げた。そして夫の出世作『夜もすがら検校』が世にあらわれたのが大正十三年だった。作家としてはこれからというときになって、あの世へ旅立ったのである。

このときの長谷川伸の淋しい気持を、大村彦次郎氏が『時代小説盛衰史』（筑摩書房、二〇〇五年）のなかでつぎのように描いている。

長谷川は『唄香華《こうげ》』という二十六字一聯の妻に捧げる悼歌を作って、『大衆文藝』誌上に載せた。まさえは無学だったが、彼女と一緒にいることで、彼は自分の心が洗われ、いつとはなしに人間の生きかたを教わっているような気がした。長谷川が文筆で立つことを決めたとき、まさえは「あなたが何を書いても、私はあなたのものを読みませんから、わるく思わないで下さい」と言った。長谷川が「なぜだ?」と尋くと、「私はあなたの心を知り尽くしていますからね。そのあなたの書いたものを私が読んだところで、その作品から受ける私の感じは、決して本当の感じではありませんもの。どうぞ存分に書いて下さい」と、答えた。

（大村彦次郎『時代小説盛衰史』、一七九―一八〇頁）

遺骨は目黒の高福院の墓地に葬った。が、彼の喪失感は癒されることがなく、百ヶ日が過ぎても自殺することを考えつづけていたという。

ようやく立ち直る契機になったのが、自作の戯曲『世に出ぬ豪傑』が井上正夫の主演でその年の暮に浅草松竹座の舞台にかかったことだった。この上演に励まされ、創作への意欲がかきたてられ、自殺への誘惑に打ち克つことができた。まもなく長谷川はまさえと暮した五反田の家を引き払い、近くの桐ヶ谷に転居する。そのあと心機一転、思い切って関西方面への旅に出たが、たまたま京都の五条坂に家を借りて移り住んだ。「長谷川の一番孤独で、淋しい日々だった」、とさきの大村彦次郎氏は書いている。

京都五条坂に家を借りて住んでいたころの長谷川伸……。その「京都五条坂」が、ふと私の想像を刺激する。『夜もすがら検校』の中段に登場する印象的な光景が蘇るからである。

盲目の検校が百姓の若蔵に助けられ、やがて別れを告げるとき、時がきたらかならず、京都の四条にあるわが家を訪ねてくれ、という場面だ。


「ではな、いつでもよい、心の向いた時でよい、京へござれ、四条じゃよ、いい、四条で夜もすがらの検校と問うてくだされ、直ぐにわかる筈じゃ」（『長谷川伸全集』第十三巻、一五頁）

その、いよいよの別れのとき、検校が見えない目を上げて若蔵に歳をきく。

「二十六じゃ、両親もない、女房もない、独りものじゃ」
「それは淋しいことであろう、のう、若蔵殿、必ずござれよいか四条じゃ」　（同）

その「四条」が「五条坂」に重なって、眼前に迫ってくるのである。

一宿一飯

長谷川伸が作家として世に出るまでを略伝風に綴れば、まずこのようなことになるだろうか。

長谷川伸は明治十七年（一八八四）、横浜の日ノ出町に生まれた。父は土木請負業を営んでいたが、数え四歳のとき実母が去る。父の遊興がこうじて、女を家に入れるといいだしたからだった。やがてその父は事業に失敗し、苦難の時代がはじまる。小学校三年で中退、横浜ドックの工事請負人の小僧をしたり、土木現場ではたらいたりして人生の辛酸をなめた。二十歳のとき横浜で新聞記者になり、まもなく国府台野戦砲兵連隊に入隊、二十四歳で除隊し、勤めを転々としながらも、もとの新聞記者の生活にもどった。小説を書きはじめたのが三十一歳のころ。いつしか菊池寛の評価をえて作家の道を歩いていた。戯曲の名作『沓掛時次郎《くつかけときじろう》』を書いたのが昭和三年、そして昭和五年に『瞼《まぶた》の母』、同六年に『一本刀土俵入《いっぽんがたなどひょういり》』とつづく。

父の長谷川寅之助はさきにもふれたように土木の請負業をやっていたので、その店には旅から旅の土工が出入りし、そのなかにはバクチ打ちもいた。当時その土工のことを「西行」といい、かれらのあいだにはまだ仁義の世界が生きていたという。土工をなぜ西行と呼ぶかといえば、旅から旅の生活というか、その渡世のあり方からきたものらしかった。それがあるいはあの西行法師の境涯と重ね合わせられていたのかもしれない。あえて想像を重ねれば、西行法師もあの時代の、各地に流浪する「土工」たちとのあいだに日常的なつき合いが生じ、一種の渡世人として仁義の世界に生きていたのだろう。

長谷川伸が子どものころ、たまたま店に妊娠した女をつれた徳という土工が出入りしていた。その女は友人の女房だったが、かれが死ぬとき、自分の女房と腹の子の面倒をみてくれと頼まれ、かたい約束をかわしたのだった。それで生活をともにしていたのだったが、女とのあいだはきれいなままだった。そのとき心にとめた見聞がもとになって、のちの『沓掛時次郎』ができあがったのである。

また生母と離別したばかりの少年のころ、品川遊廓で妓楼専門の仕出屋に奉公することになった。釜飯や酒の肴を運ぶのである。少年をみて、ある娼妓が可愛がり、行くたびに菓子やゼニをめぐんでくれた。そのときの体験がのちの戯曲『一本刀土俵入』に活かされる。この芝居に登場する安孫子《あびこ》屋の酌婦お蔦《つた》のモデルが、そのときの娼妓だった。ちなみに、前節にふれたことだが、長谷川伸は作家としてデビューしてまもなく、最初の恋女房だったたまさえを肺壊疽で失なった。その女房は結婚後、五反田の花柳界で蔦屋という芸者置屋の看板を掲げていた。

その蔦屋の「蔦」が『一本刀土俵入』に登場する酌婦お蔦の姿に揺曳しているように思えてならない。

こうして、小学校二年までの学歴しかない長谷川伸が、下積みの苦労をへて作家として独り立ちするまでの人生の断片が、作品のなかにつぎつぎと描かれていった。股旅物作家といわれ、アウトローの世界をテーマとする大衆作家と呼ばれるようになるが、それらの作品が大衆の人気と共感をえたのは、そこに庶民の素朴な生活感情が夢と郷愁とともに表現されていたからである。

さて、土工たちの生活にヒントをえて書きあげたという『沓掛時次郎』であるが、それは序幕、二幕目、大詰からなる三幕仕立ての戯曲である。中心の舞台は、中仙道の熊谷宿。二手に分かれて争う博徒たち。一方の中ノ川一家は親分が召捕られ、子分たちは散り散りになって、いまでは三蔵ただ一人残っている。女房のおきぬと倅《せがれ》の太郎吉がそばについているだけである。それにたいしてもう一方の反対派がわが世の春を謳歌している。その派から三人づれの子分が、三蔵親子の家めがけてなぐりこみをかけるところから話がはじまる。

現場からやや離れたところに、これも旅人の博徒、沓掛時次郎が懐手をして立っている。たまたま反対派の親分の家にわらじを脱いで、世話になっていた。それで助っ人をたのまれ、いたし方なく見張りのような恰好でぶらぶらしている。表情には心なしか冷笑が浮んでいる。

三人の博徒がふみこんで三蔵と立ち合いになるが、三蔵の方が滅法つよい。三人が三人とも逆に追い立てられ、傷を負わされ逃げ腰になっている。その場に時次郎が割って入り、こういう。

時次郎　あっしは旅にんでござんす。一宿一飯の恩があるので、怨みもつらみもねえお前さんに敵対する、信州沓掛の時次郎という下らねえ者でござんす。

三蔵　左様《さよう》でござんすか。手前もしがない者でござんす。ご叮嚀なお言葉で、お心のうちは大抵みとりますするでござんす。

（『長谷川伸全集』第十五巻、一四五頁）

二人の一騎打ちになるが、三蔵は時次郎の一刀のもとに倒される。いまわのきわ、虫の息の下で三蔵が、女房のおきぬと太郎吉を指さして、時次郎にむかって「頼む」という。

時次郎、おきぬ、太郎吉の三人の旅がはじまる。おきぬはすでに三蔵との子を腹に宿し、旅の路銀も底をついている。熊谷宿の安宿で逼塞《ひっそく》しているところへ、博徒の喧嘩出入りがもちあがり、時次郎に助っ人の依頼が舞いこむ。かれはやくざの世界から足を洗おうとしていたが、背に腹はかえられず、仕方なくその役を買って出る。そのまま見棄てられる、と早合点したおきぬが泣きながら口説くのにむかって、時次郎がいう。

時次郎　そいつは怨みだおきぬさん、俺が何でお前達母子を見棄てるものか。時次郎は故郷の沓掛を飛び出し、親兄弟に不人情をしている男だが、これでも何処かに情合だけは残っている人間なんだ。帰ってくるとも、帰ってくるとも、屹《きっ》と、俺は帰ってくる。

（『長谷川伸全集』第十五巻、一五七頁）

時次郎は、その喧嘩出入りの勝負に勝つ。だが、日当の金一両を手に宿にもどると、おきぬは腹の子とともにすでにこときれていた。茫然と立ちすくむ時次郎……。母の骨箱を抱えた太郎吉と時次郎の二人旅がふたたびはじまり、幕になる。

その最後の場面で、こんな二人のやりとりがさしはさまれている。

太郎吉　ウン字を唱うる功力《くりき》には、罪障深き我々が、造りし地獄も破られて、忽ち浄土となりぬべし……（和讃を唱える）

時次郎　お前、そんなこと、だれに教わったんだ。え、え。

太郎吉　宿のおじいさんとお婆さんにだよ。こうすると死んだおっかちゃんが、おいらの声を聞いて安心するんだとさ。ああ、おいら、おっかちゃんに逢いてえや。

時次郎　もっともだ。俺も逢いてえ、逢って一ト言、日頃思ってたことが打明けてえが——未来永劫、もうおきぬさんにや逢えねえのだ。

（『長谷川伸全集』第十五巻、一六一頁）

時次郎は旅の空の下、見知らぬ親分の家でわらじを脱ぐ。そのため助っ人となって、縁もゆかりもない三蔵を打ち果たす羽目に陥る。「一宿一飯」の恩があるからである。その恩に報いるために、「怨みもつらみも」ない博徒の親分、三蔵に切りつける。

一宿一飯、といえば、まずはやくざ社会のことが浮かぶ。アウトローの世界における一種の掟、義理人情の葛藤のなかからにじみでる非情のモラル、などなどの言葉が記憶にのぼる。

けれども私は、まもなくそのような常識が誤りかもしれない、もっと重要な問題がそこには隠されているかもしれない、と思うようになった。というのはたまたま佐藤忠男氏の『長谷川伸論』（中央公論社、一九七五年）を読んでいて、目からウロコの体験をしたことがあったからだった。

佐藤氏はそのなかで長谷川伸の股旅物をとりあげ、「一宿一飯」「下層社会のいき」「命令と良心」「義理と意地」などの魅力的なテーマを掲げて、胸のすくような批評をしていたのである。それだけではない。その股旅物の作品が芝居、小説、映画の分野で大流行した原因が詳細にわたってつきとめられていた。

面白いのは佐藤氏が、長谷川伸の生い立ちにふれている点であった。日本の大衆文学を築きあげた人びとのなかには、文部省のきめた学歴をふんでいない人びとが多い。吉川英治、菊田一夫、松本清張、みんなそうだが、長谷川伸はその大先輩にあたる。こうした大衆作家にとって「教養」とはいったい何だったのか、という問題である。何がかれらの生きる支えだったのかということだ。それを考えるのに長谷川伸はまぎれもなく鍵になる人物だというわけである。さらに、近代日本における「民衆の精神史研究」のもっともすぐれた開拓者だった、と高い評価を与えている。

いつごろからか私は、よく長谷川伸の作品を読むようになっていた。なぜかといえば、それで心の洗濯をしたような気分になっていたからだった。そんな癖がついてしまっていたのである。

今日では、『瞼の母』や『一本刀土俵入』といっても何のことやらわからない人が増えている。さきに紹介した『沓掛時次郎』にしてもおそらくそうだろう。けれども戦前、長谷川伸は股旅物の流行作家として多くのファンのこころを魅了した。股旅物は封建的な任俠の世界を題材にするものだった。それが大衆にうけたのは、惨めな現実に花咲く人情話がこの上なく哀切で美しかったからである。非合法のやくざ社会の出来事として語られたために、かえってこの世ならぬ効果と感動を誘ったのかもしれない。

そのあたりの人情の機微を佐藤氏の『長谷川伸論』はみごとにすくいあげていたと思う。「民衆の精神史研究」のもっともすぐれた開拓者、という評価もそこに発する。

それなら佐藤氏は、どのような意味においてそういっているのだろうか。それが『長谷川伸論』の冒頭に掲げられている「忠誠心の二つの道」という文章のなかで語られている。これは任俠道と武士道を、忠誠心という観点から比較しているのであるが、そのなかで、任俠道の究極は弱者にたいする「負い目」を担いつづけることだといっている。この場合、弱者の典型はしばしば「女」であるという。作品に登場する主人公は、自分より弱い、哀れな女のために忠をつくす。それがモラルの土台になっているというのである。さきに粗筋を紹介した『沓掛時次郎』のテーマが、まさにそのような形で浮き彫りにされていることがただちにわかる。

むろん佐藤氏もいっているように、そんなモラルが現実のやくざ社会に生きているわけではない。任侠道というのも、一皮むけばフィクションの膜を通して幻想された一つの物語かもしれないからだ。しかしそうした幻想にわが夢を託して、こころのよりどころとした広汎な庶民が現実に存在したことも否定することはできない。長谷川伸が「民衆の精神史研究」のすぐれた開拓者だったというのも、おそらくそのためである。

相手にたいする負い目を正しく意識することこそが人間の自然の情であり、モラルの源泉なのだ。ここで注意しなければならないのが、たんなる相手にたいする「思いやり」ではなく、「負い目」であるといっている点ではないだろうか。「負い目」の情を抜きにした「思いやり」は軽薄である、という意識がその背後にはひかえている。今日のわれわれの社会ではしばしば「思いやり」ということをいう。「思いやり」、「思いやり」とばかりいって、人とのつながりの大切さを強調する。しかしそこには、相手にたいする負い目を意識する人間の自然の情が欠けているのではないか、そのような佐藤氏の声、いや長谷川伸の言葉がきこえてくるようである。

もう一つ、つけ加えておこう。佐藤氏のその著作のなかには、「一宿一飯ということ」の一章が挿入されている。これは『長谷川伸全集』の第十六巻にはさみこまれている「月報」に「一宿一飯の義理」というタイトルで載せられていた文章の内容を含むのであるが、そこで氏はこんなことを書いている。

たまたまアメリカに滞在していたある日本の青年が、アメリカの軍隊に徴兵され、ベトナムに送られた。しばらくして休暇で日本へ来たとき、脱走してべ平連に助けを求める、という事件が前にあった。この話をきいて思いだしたのが長谷川伸の『沓掛時次郎』である。時次郎はやくざ社会の掟で、一宿一飯の恩義にあずかった親分の命ずるまま、見ず知らずの男を斬る。これはまったく非人道的な行為であるのだが、しかし考えてみれば、アメリカに滞在すると兵役の義務が生ずるというのも、『沓掛時次郎』における一宿一飯という思想とすこしもちがわないのではないか。むしろ時次郎の方が、それを苦悩として背負うだけ人間的なのではないか。

これは意表をつく見方であるが、いわれてみればたしかにそういうところがある。アメリカにおける外国人の「兵役義務」の問題が、沓掛時次郎における「一宿一飯の義理」の考え方と対比されている。表面的にみれば、アメリカに住むと法律によってアメリカの兵役につく義務が生ずるというのは、「近代」的な制度の問題であるようにみえる。※ それにたいして長谷川伸の戯曲で扱われている一宿一飯の義理というのは、人間関係のしがらみから生ずる「前近代」

的な掟のように映るだろう。

しかしおそらく佐藤氏はそういうことを承知のうえでいっているのである。「一宿一飯」という究極の局面にだけ焦点をあてれば、「兵役」と「親分の命令」のあいだにそれほどの径庭があるわけではない。そこにみられるのは、義務という言葉を用いるか義理の語をあてるかの相違だけかもしれない。

大切なのはむしろ、長谷川伸の『一本刀土俵入』や『沓掛時次郎』がなぜこれほどわれわれの心を打つのかということではないか。ややもすると前近代という枠のなかに封じこまれてしまう義理や人情の感覚が、なぜこれほどわれわれの琴線にふれてくるのかということではないか。そこまで話を煮つめていけば、「一宿一飯」の考えがはたして前近代の書割りからみえてくる光景なのか、それとも近代の舞台にライトアップされてみえてくる風景であるのか、その境界がしだいにぼやけてくるだろう。それどころか佐藤氏もいうように、むしろ時次郎の方がそれを苦悩として背負っている分だけ、人間的なのではないかということにもなるのである。

※アメリカの「兵役義務」は、ベトナム戦争終結ののちに、「志願兵制」に変更されている。

第二章　『瞼の母』

中村勘三郎の涙

長谷川伸の名と結びついて忘れ難いのは、やはり『瞼《まぶた》の母』であろう。舞台で上演されたり、映画になったり、それを数えたことはないけれどその人気のほどは群を抜いていたにちがいない。

長谷川伸が幼いころ、実の母親が離婚して家を出ていったいきさつについては前章でふれた。そのあとかれは捨子といってもいい、孤子《みなしご》といってもいいような人生を送ることになるが、四十七年という長い長い歳月をへだててその実母と再会する。昭和八年（一九三三）のことだった。その機縁になったのが、母恋いの思いを託して書いた戯曲『瞼の母』だった。昭和五年のことである。この作品が世にでて、「瞼の父」とか「瞼の兄」とかいう言葉が流行りだしたという。上演回数もかれの書いたもののなかでは一番多かった。その『瞼の母』の発表から三年経って、かれは現実の「瞼の母」に出会うことになった。

芝居の『瞼の母』と実際の「瞼の母」のあいだには、もちろん落差がある。このさきのべていくように、大きな落差がある。けれどもその二つの「瞼の母」のあいだに、長谷川伸という人間の実相が隠されているかもしれない。その谷間にひそむ長谷川伸の実像に迫ることができないだろうか。それがこれから書き継いでいこうと思っていることの一つである。

その問題に入っていく前に、ぜひとも紹介しておきたいことがある。

昭和十年ごろのことだったという。十七代目中村勘三郎が、まだ「もしほ」と称していたころ、『瞼の母』の主役・番場《ばんば》の忠太郎《ちゅうたろう》を演ずることになった。勘三郎は当時、女形ばかりをやっていたけれども、『瞼の母』の舞台ではじめて立役《たちやく》になり、それ以来数えきれないほど忠太郎を演ずるようになった。

ある日のこと、作者がその舞台を見ていた。例の、生みの母のおはまのいる料理茶屋「水熊」の前で、忠太郎が中へ入ろうか、やめにしようかと躊躇する場面がでてくる。そのときの勘三郎の演技をじっと凝視《みつめ》ていた長谷川伸が、突然、声をあげて泣きだした。

そのときのことを後年になって思いおこした勘三郎が、つぎのように書いている。

> 先生ご自身、母のことでは幼いころからいろいろとつらい悲しいご体験をお持ちなので、

胸にこみ上げるものを抑えることができなかったのでしょう。先生のお気もちが、よくわかるような気がいたします。

母といえば――わたしの母は妾でした。いわゆる、日陰者です。それだけに、母が死んだとき、わたしは青山斎場で思いっきり盛大な葬儀を、その不幸な母のために営みましたが、その斎場で、背後から、かるくわたしの肩をたたいた人があります。先生でした。それから優しい声で一言……「米《よん》ちゃん、親孝行したね」……。わたしは、たまらず、わーっと泣いてしまいました。このときの思いは、いまもだいじに胸の中にしまっております。

（中村勘三郎「先生のこと」、『長谷川伸全集』付録月報№1、昭和46年3月）

十七代目中村勘三郎は、三代目中村歌六の末子だった。兄に初代中村吉右衛門、三代目中村時蔵がいたが、この兄たちとは母を異にする子であったため深いコンプレックスをもって育った。そのためであろう、吉右衛門とはライバルだった六代目尾上菊五郎の芸を慕うようになった。「わたしの母は妾でした」は、その生い立ちの背景をいっている。一九八〇年に文化勲章受章、長女に新派の女優波乃久里子、長男に十八代目中村勘三郎がいる。

さて『瞼の母』であるが、これは「序幕」「大詰」の二幕、四場から成っている。

主人公は五つのとき生母に別れたままの忠太郎。そののちぐれて、やくざになっている。その在所の生家が、江州《ごうしゅう》・番場宿（滋賀県米原在）、六代つづいた旅籠屋「おきなが屋」忠兵衛の伜として生れ育った。が、父の身持ちがわるく、母おはまは五つの忠太郎をおいて家を立ち去った。やがて江戸に出て柳橋の料理茶屋、水熊の女将におさまる。そこでは登世《とせ》という娘をもうけた。忠太郎の異父妹である。

忠太郎がやくざ渡世のなか、母を探し求め江戸にやってくるところから幕があがる。やっとの思いでおはまの料理屋にたどりつくと、そこにはたね違いの妹お登世がいた。十八、九の娘盛りになっている。瞼の母のおはまが五十二歳、忠太郎が三十を越えている、そういう設定になっている。

名乗りでて座敷にあがってきた忠太郎をみて、おはまははっとするが、問答のすえ知らぬ存ぜぬで追い返す。金銭ずくで名乗ってでたのではないかと母になじられ、いい返す場面がでてくる。忠太郎は、ほんとうの母親にめぐりあえた場合にと、手土産代りにいつも百両をふところに入れていたといって胴巻きからとりだしてみせる。瞼の母にたいする、忠太郎のせめてもの心意気である。それでもおはまは引きさがらない。忠太郎のような義理の兄がいてはお登世の将来に影がさすからだ。

おはま　だれにしても女親は我が子を思わずにいるものかね。だがねえ、我が子にもよりけりだ――忠太郎さん、お前さんも親を尋ねるのなら、何故堅気になっていないのだえ。

忠太郎　おかみさん。そのお指図は辞退すらあ。親に放れた小僧ッ子がグレたを叱るは少し無理。堅気になるのは遅蒔《おそま》きでござんす。ヤクザ渡世の古沼へ足も脛《すね》まで突ッ込んで、洗ったってもう落ちッこねえ旅にんいい癖がついてしまって、何の今更堅気になれよう。よし、堅気で辛抱したとて、喜んでくれる人でもあることか裸一貫たった一人じゃござんせんか。

（『長谷川伸全集』第十五巻、二一八頁）

忠太郎はこう啖呵を切って家を飛びだす。それがわが子と知っていたおはまは、同じようにそれと気づいたお登世とともに思わず感情の糸が切れたように激しく追いかける。大詰の「荒川堤」の場である。だが、そのおはまとお登世は、ひとり悄然とたたずむ忠太郎に気がつかないまま通りすぎ、舞台から去る。それをみて、つぶやくようにいう忠太郎の最後の台詞《せりふ》……。

忠太郎　――（母子を見送る。急にくるりと反対の方に向い歩き出す）俺あ厭だ――厭だ――厭だ――だれが会ってやるものか。（ひがみと反抗心が募り、母妹の嘆きが却って痛快に感じられる、しかもうしろ髪ひかれる未練が出る）俺あ、こう上下の瞼を合せ、じいッと考えてりゃあ、逢わねえ昔のおッかさんの俤《おもかげ》が出てくるんだ――それでいいんだ。（歩く）逢いたくなったら俺あ、眼をつぶろうよ。

（永久に母子に会うまじと歩く）

（『長谷川伸全集』第十五巻、三三三―三四頁）

舞台に夜明けの陽光がそそぎ、忠太郎はふたたび股旅の路にふみだしていく。その背中に、「降ろが照ろうが、風吹くままよ、東行こうと、西行こと」の船頭歌がかぶさる。――『瞼の母』の、幕切れである。「上下の瞼を合せると、おッかさんの俤が出てくる」という台詞に、この作品の味わいがにじみでているといっていいだろう。カッコのなかのト書は、作者自身の気持を忠太郎の運命に託して挿入したものだったにちがいない。ひがみと反抗心がまじり合い、後髪ひかれる未練の思いがそれにオーバーラップしている。ふたたび会うことはあるまいと断念し、「逢いたくなったら俺あ、眼をつぶろうよ」の台詞をのこして、主人公は去っていく。印象的な幕切れである。

が、じつをいうと作者は、この『瞼の母』の最後の場面をどうするかについて、あれこれ思い惑っていた。一応は、右に記したような形で「大詰」をおさめてはいるけれども、かれの心はかならずしもそれで安定してはいなかったようだ。なぜならこの「大詰　荒川堤」の場面については、「異本」とされる二種の脚本が書きのこされているからである。

そのうち「異本」（一）は、右の決定稿の最後にでてくる「船頭歌」のあとに、こうつづけている。

忠太郎　（一たび去ったが、その絶叫が聞える）おッかさあン――。（駈け来たる）おッかさあ

ン――おッかさあン――おッかさあン。（おはま母子のあとを追う）

幕

（『長谷川伸全集』第十五巻、三四頁）

なるほど、母恋いの悲劇的な最終場面をしめくくるには、いかにもと思われるような幕切れになっている。舞台と客席いっぱいに「おッかさあン――」の絶叫がいくえにもこだましていく光景だ。ところが作者はそれでも満足がいかなかったようだ。それではあまりにも「お涙頂戴」になってしまうからではないだろうか。作者ならずとも、誰でもそう思うだろう。長谷川伸の辛酸をなめた人生そのものも、軽いステレオタイプに回収されてしまう。そこから、つぎの「異本」（二）の構想が生れたのではないだろうか。

異本（一）の幕切れに、忠太郎の絶叫、「おッかさあン」で駈け戻り、「おッかさあン」と一つ二つ続ける、そのあと――。

おはま・お登世　（呼ぶ声を聞きつけ、引返し来たる）

忠太郎　（母・妹の顔をじッと見る）

おはま　（全くの低い声）忠太郎や。

お登世　（低い声で）兄さん。

忠太郎　（母と妹の方へ、虚無《こむ》の心になって寄ってゆく）
おはま・お登世　（忠太郎に寄ってゆく）
双方、手を執り合うその以前に。
幕
（『長谷川伸全集』第十五巻、三五頁）

この「異本」（二）をみると、大詰の場面をどうするかで作者が迷いに迷っていたことがよくわかる。要はむろん、おはま、お登世と忠太郎の再会と別れをどのように表現するかということだったにちがいない。思案のはてにたどりついたのがつぎの一行だったのではないだろうか。

忠太郎　（母と妹の方へ、虚無の心になって寄ってゆく）

みての通り「虚無の心になって」というところに長谷川伸の心情のすべてが注ぎこまれている。考えつめたはてに「虚無」というところに行きついたことに注意しよう。「瞼の母」が結局は上下の瞼を閉じた中にしか存在しないと思いあきらめた忠太郎の台詞が、その虚無の心情に裏打ちされていたということがわかる。

しかし、この「虚無」は、役者のからだの上にどのように表現したらよいのか。おはまとお登世が近づき、忠太郎に寄っていく。双方がいまや手を取り合おうとする直前に、幕が降りる。そのとき「虚無」を舞台の上にどのように表現するのか。はたしてそんなことができるのか。ましていわんや、それを台詞にすることなどどうしてできるだろう。だが作者は、その自分の思いをどこかで吐きださずにはおれなかった。忠太郎の最後の演技をつけるなかで、つまりわずかにト書のなかで、そっと言葉にしてみたのである。「虚無の心になって」と。だがそれはもちろん、最終稿の「ト書」として採用するわけにはいかなかった。『瞼の母』「異本」の（二）として参考にとどめおかれることになったのである。それが真相なのではないだろうか。

ふり返って考えてみれば、「虚無の心」は時代の「心」でもあったような気がする。長谷川伸の心はその時代の心に染まっていたのかもしれない。かれがつぶさに人生の苦労をなめたあと新聞記者になったことは、すでにふれたが、明治四十四年（一九一一）には都《みやこ》新聞社に入っていた。はじめ社会部の遊軍をつとめたが、やがて山野芋作というペンネームで続き物を執筆しはじめる。

そして大正十三年（一九二四）になって発表したのが出世作『夜もすがら検校』だった。ようやく文筆生活の自信をえたところで、同十四年に同新聞社を退社。そのころ、先輩記者である中里介山が『大菩薩峠』を同新聞に断続的に執筆していた。冒頭、峠の頂きでそれこそ虚無の塊のような机竜之助が、通りすがりの老巡礼を一瞬のうちに辻斬りにする場面からはじまる。前世の宿業がニヒルの衣をまとって現世に出現し、その土俗的な衝動を四方にまき散らすような物語が展開していく。介山は若い代用教員時代にキリスト教の影響をうけ、内村鑑三に師事していた。が、のちに都新聞に入るころから仏教に関心を移していった。そのためであろう。かれは『大菩薩峠』を大衆小説と呼ばれるのを嫌い、みずからは「大乗小説」だと称していた。

そのようなことを考えるとき、長谷川伸が『瞼の母』の幕切れ、忠太郎のしぐさのうえに点じようとした「虚無の心」が『大菩薩峠』にでてくる机竜之助の虚無の剣とダブって映る。番場の忠太郎と机竜之助の背中に、前世の彼方から噴きだしてくる無常の風が吹いている。愛と救済の物語がその無常の風によって粉々に舞い散っていく光景があらわれてくる。

それにしても、虚無の心とは何か。いくら信じようとしても、信ずることがままならぬ意識である。いくら愛そうとしても愛することがままならぬ、たちまち無常の風に吹き散らされてしまう意識のことだ。愛の無常といってもいい、信の無常ということである。

『瞼の母』の「母」は料理屋の女将になって、すでにお登世という娘がいる。が、その「瞼の母」を追い求める番場の忠太郎は旅から旅のバクチ渡世を生きている。暮しをともにできるような境遇ではない。最後は胸の内を隠し、未練と愛想づかしの言葉をのこして別れていくほかはない。そう思いあきらめてしまえば、かえって気は晴れる。上下の瞼を閉じさえすれば、母子の愛情が曇りのない姿でよみがえるからだ。それだけに夢を見るような、はかなく淋しい再会であったというほかはない。虚無の心が冷たい地面から全身にはいあがってくるのも、そのためかもしれない。

長谷川伸の人生は、あるいはこの虚無の心と「同行二人」の旅のようなものだったのではないかと思う。

最後に一つ。『大菩薩峠』が都新聞に連載されていた当時、長谷川伸は各社の記者たちとともに、貴族院書記官長の職にあった柳田国男を訪ねて取材をしたことがあった。そのとき柳田は長谷川伸が都新聞の記者であることを知って、中里介山の評判の作品を愛読しているといったという。そのことを「介山中里弥之助」という小文のなかでふれている。

辞去するにあたりて柳田さんは、作者によろしくと伝言されたり。介山に関してかくの如きことは外にもありたれど、文学をやる人では、こう云った例に引くべき人に行き当らざりし。

（『長谷川伸全集』第十一巻、四四一頁）

ちなみに長谷川伸は、同じころであろう、「『大菩薩峠』初刊」という宣伝文（同書、四四二―四四三頁）までつくっていた。かれがひそかに介山に心を寄せ、親近していたらしいことが、そこからもわかるのである。

四十七年ぶりの再会

『瞼《まぶた》の母』が発表されたのが昭和五年（一九三〇）だった。そのいきさつについては既に書いたが、それが機縁になって、長谷川伸は長いあいだ生き別れのままだった実母と再会する。別れたまま、すでに四十七年の歳月が過ぎていたのだった。

その再会の模様は、やはりふれておかなければならないだろう。それがその後の彼の人生にどのような影を落とすことになるのか、それを見とどけなければならない。

別れたままであった生母との四十七年ぶりの再会は、当然のことながら大きなニュースとなって人びとの関心を呼んだ。再会それ自体が衝撃的な事件であったことはいうまでもないが、じつはその再会によってもう一つ意外な人生の断面が背景から浮かび上ってきたからだった。それというのも長谷川伸の生母かうは、彼がひとりぼっちでとぼとぼ歩いていた世界とは違う、まったく異種の環境のなかで生きていたことが明らかになったからである。

伸の母かうは、長谷川家をでたあと三谷《みたに》宗兵衛に再嫁して三男五女の母親になっていた。そのうち長男の三谷隆正はこの母子再会のとき一高の教授をしており、次男の隆信は外務省人事課長の職務についていた。長谷川伸からすれば、とつぜん眼前にあらわれた二人の異父弟たちが当時最高のエリートコースをすすんで、学界、官界の要職についていたのである。

昭和八年二月十二日の午後のことだった。長谷川伸は千疋屋の福羽イチゴ五箱の土産をもって、はじめて三谷家を訪れた。別れたままの母と四十七年ぶりに会うためだった。そのころ彼は、すでに流行作家としてよく知られていたのである。前年の昭和七年の末ごろ、「瞼の母を語る」という文章を『婦人公論』に二回にわたって書いていたし、そのことは新聞やラジオでも報道されていた。三谷家に嫁いでいた母かうもそれをラジオで聞いていて、わが子ではないかと疑いはじめていた。

そんなときだった。三谷隆信の妻の母、長尾なみ子が、かうの心中に同情し、従妹にあたる松本恵子にたのんで長谷川伸あての手紙を書いてもらった。その松本恵子は、当時探偵小説を書いていた松本泰《たい》の夫人だった。手紙はそれまでの事情をくわしく記したぶ厚いものだった。そこに三谷家にいる母の住所が書いてあったのである（伊藤昇「『瞼の母』と再会した長谷川先生」、三谷隆信「兄長谷川伸と初めて会った日」、『長谷川伸全集』付録月報№3）。

手紙をみた彼は、そのまま熱海の温泉に走った。陽のあたる湯槽につかってようやく会う決心がついた。ふたたび東京にもどって、牛込甲良町の三谷家の門をくぐったのがさきにも記した二月十二日である。三谷家の子どもたちは、母が長谷川家を去ったこと、そのとき数え四歳になる伸二郎という子をのこしてきたこと、その子が泣いている母にむかって「今に大きくなったら、お馬に乗ってお迎えに行ってあげるから、そんなに泣くのじゃないよ」といったという話を、たびたび聞かされていた。

長谷川伸が三谷家を訪れたとき、母は長男隆正の家族と同居していた。隆正がすぐ弟に電話を入れ、隆信がかけつけ親子四人で水入らずの話になった。母と伸は二人とも深い感情を表にあらわすことをせず、たがいに手をとり合ったままだったという。二言、三言低い声で語る二人の姿を、隆正、隆信の二人の異父弟たちは黙ってみつめるだけだった。

話が次から次へ流れていった。日が暮れてスキ焼をつつきながら、時のたつのも忘れて話しつづけていた。長谷川伸が三谷家を辞したのは真夜中の二時ごろだった。そのとき弟の隆信が「ぼくも帰ろう……」といって連れ立って外に出た。長谷川伸はそのときの情景をいつまでも忘れることができなかったという（伊東昌輝「『瞼の母再会記』余聞（下）」、『長谷川伸全集』付録月報№6）。

さきにもふれたように三谷家につながる姻戚関係は、知的な雰囲気にあふれていて華やかなものだった。長谷川伸の想像をはるかに上回るものだったにちがいない。母かうが嫁いだとき、すでに先妻の娘、民子がいたが、この義理の娘はのちに女子学院の院長になり、キリスト教女子教育の先達として活躍した人である。血を分けた異父弟の隆正が当時一高教授であったことはすでにふれたが、その弟の隆信はのちに駐仏大使をつとめ、そのあとは侍従長になっている。その下の異父妹の妙子は文学博士、山谷《やまや》省吾《せいご》の妻で、山谷は三高教授であるとともに京都室町キリスト教教会の牧師だった。つぎの妹、田鶴子の夫は川西実三で、のちに東京府知事や日本赤十字社の社長をつとめたことで知られる。そのほか隆正の妻、豊子は羽仁五郎の妹だったこともつけ加えておいてよいかもしれない。隆正はまた内村鑑三の弟子で、塚本虎二などとともに鑑三全集の編集委員をつとめることになる。

このようにみてくるとき、三谷一族が内村鑑三につながるキリスト教の影響をつよくうけ、その子女と親族の多くが学問や教育、そして社会事業に深くかかわっていたことがわかる。西欧文明がもたらしたハイカルチャーの世界に呼吸し、当時の知的エリートの一翼を形成していたのである。ちなみに、三谷隆正の一高時代の同級生に岩下壮一、九鬼周造、児島喜久雄、天野《あまの》貞祐《ていゆう》、和辻哲郎などがいたし、二級下には田中耕太郎がいたことを思えば、かれをとりまく知的雰囲気がどのようなものであったかおよそ見当がつく。

そういうことも作用したのかどうか、母との再会をはたしたあと、長谷川伸は『瞼の母』の上演、上映を禁ずる挙にでている。『瞼の母』は舞台の成功にひきつづいて、映画にもされるようになっていたのである。弟子の一人である村上元三によると、母子が再会したことで、この芝居を書いた目的がはたされたためではないであろうか、ともかくそれを母にみせて「気分を害したくない、という思いやり」があったためではないか、と想像している（『長谷川伸全集』第十五巻、解説、五三三頁）。

そういう事情もむろんあったであろう。が、長谷川伸の側にもいささか屈託するような気持がわだかまっていたのではないだろうか。世間では股旅物作家の長谷川伸がやくざ社会の人間ででもあるかのように噂をし、中傷する者がいないわけではなかったからである。たとえば同じ劇作家の谷屋充《たにやみつる》がこんな話を書いている。ちょうど『沓掛時次郎《くつかけときじろう》』が沢田正二郎によって上演され、さらに浪曲になり映画になって有名になったころだ。

先生の背なかにいれずみがあると評判が立ったのはこの時分であろう。すると、
「おれは風呂屋で逢ったがいれずみなんぞなかったよ」
という人があらわれ、またべつの奴が物知り顔に、
「長谷川伸のいれずみは足の裏だ。踵にさくらの花札が一枚彫ってある」
先生をやくざ者あがりにしないと気がすまぬらしい。

（谷屋充「ご夫婦と名作のモデル」、『長谷川伸全集』付録月報№３）

そういうこともあってのことであろう。三谷家の側においても、『瞼の母』のことが話題になり再会の機が熟しかけていたとき、そのまま実現の運びにもっていってよいものかどうか、危惧の念が抱かれていた。その辺の事情を義弟の隆信が「藪から棒に名乗りをあげても、果してよい結果が生れるものかと思案に迷って」いたと回想している。

しかしそれは結局、杞憂に終った。長谷川伸の人柄が三谷家の人びととの心をうち、異父弟たちもまたかれを暖かく迎え入れたからだった。いささか美談めいた話にはなるが、そのような心の交流を映しだすエピソードが異父妹の川西田鶴子によって語られている。それを夫の日赤

社長、川西実三が紹介しているので引用してみよう。

伸の生母三谷かうは晩年、目白の私達の家に起居していたが、昭和二十一年二月、八十四歳の誕生日を迎えてすぐ、肺炎で重態となった。急を知って長谷川の兄夫妻がペニシリンを持って駆けつけてくれた時、母は既にこと切れていた。兄はしばし骸の前に正坐していたが、やがて私たちの方へ向き直り、畳に手をついて低く頭を下げ、『ありがとう』と言ったまま、いつまでも顔を上げなかった。

（川西実三「義兄長谷川伸」、『長谷川伸全集』付録月報No.6）

長谷川伸が「瞼の母」と再会したときのいきさつをたどると、ほぼ以上のようなことになるだろう。夢にまでみた、四十七年ぶりの再会だった。ひたすらそのときの情景を想像しながら、芝居を書いていたのである。その「瞼の母」が、どのような形で芝居にされていたのかについては前に詳しくのべた。

再会が実現したとき、数日後の『朝日新聞』朝刊の社会面には大きな活字が躍った。「奇遇・小説以上――互に慕ふ四十七年――長谷川伸氏と生母――皮肉な運命に勝つて再会」とあり、人びとの目を奪った（伊藤昇「『瞼の母』と再会した長谷川先生」、『長谷川伸全集』付録月報No.3）。しかし、この四段見出しでトップ十段を埋めた記事からはおそらく想像もできないような「思想」が、すでに書かれていた『瞼の母』には託されていたように私には思われるのである。それが前に論じたように「虚無《こむ》の心」という、作者の心の揺れをあらわすような言葉だった。そのキーワードといってもいいような言葉が、『瞼の母』の「異本」（二）に思わず書きつけられていたのである。その言葉は、四十七年ぶりに生母に再会したときにも、その胸の奥に沈澱していたのではないだろうか。くり返していえば、芝居の『瞼の母』の「異本」（二）では、主人公の忠太郎は母と異父妹にむかって「虚無の心」になって寄っていこうとしていた。とすれば生母と再会をはたしたとき、長谷川伸もまた忠太郎のように母と異父弟妹たちの方へ「虚無の心」になって寄っていこうとする自分をみつめていたのではないか。しかしもしもそうであるとして、そのような彼の心がはたして、生みの母や隆正、隆信、そして妹たちに通じていたのだろうか。

三谷家の人びとは実母のかうを含めてすべてキリスト教信徒であった。日常的にもキリスト教の信仰に生きようとしていた一族の様子は、当時一高教授をしていた三谷隆正の著作や書簡をみればよくわかる（『三谷隆正全集』、岩波書店、一九六五―六六年）。またかれらと深い交流をもった人びと、たとえば南原繁の証言からしても明らかである（南原繁、高木八尺、鈴木俊郎編『三谷隆正――人・思想・信仰』、岩波書店、一九六六年）。しかしながらそのキリスト的な愛と信仰の世界に、長谷川伸がひそかに抱きつづけていたであろう「虚無の心」がどのように受けとめられていたのか、そのへんのところは微妙である。そこには相互の理解をこえるような心情的な壁が立ちはだかっていたのではないだろうか。

私は以前、浪曲家の春野百合子さんにお目にかかったことがある。春野さんの語る、男と女の悲恋を主題とする『樽屋おせん』、堀部安兵衛の仇討で胸をワクワクさせる『高田の馬場』、菊池寛原作の『藤十郎の恋』などの話で盛りあがった。私自身のこととしていえば、テレビのなかった戦時中、ラジオから流れてくる二代目天中軒雲月（のちの伊丹秀子）の『杉野兵曹長の妻』を、母といっしょに聴いていたことが忘れられない。当時、国民学校に通っていた私は、学校では、大正元年（一九一二）に文部省唱歌としてつくられた「広瀬中佐」をうたっていた。

彼は、ロシア駐在武官として活躍した教養ある武人だった。その広瀬中佐が最後に船を離れようとしたとき、部下の杉野兵曹長の姿がみえないことに気づく。船内をくまなく捜索してもみつからない。ついにあきらめて引き揚げようとしたとき、敵の弾丸にあたって戦死する。

唱歌のなかでは、血まなこになってさがす広瀬中佐の叫び、「杉野は何処《いずこ》、杉野は居ずや」の一行だけが、わずかに杉野兵曹長の姿をかいまみせる箇所だった。ところが天中軒雲月が語る浪曲の方では、唱歌に語られている軍神の武勲談とは打って変って、杉野兵曹長とその妻の物語が大きくクローズアップされている。その二人の悲しみのこころに寄りそうような物語に仕上がっている。私の母が唱歌の方にではなく、「兵曹長の妻」の後日譚の方に耳を傾けていたのもそのためだったのだろう。

そんな思い出話に花が咲いたとき、春野百合子さんがポツリといわれた。

私は、あの「浪花節的」という言葉が嫌いなんです。安っぽい人情を、そんないい方で表現しようとする。とくにインテリの方たちが、そういいますよね。誰も「義太夫的」とも「歌舞伎的」ともいわないんです。たとえ同じ題材を扱っていても、それが浪曲となると、とたんに悪口のように「浪花節的」という……。

戦後になって、浪曲は転落の道をたどる。軍国主義時代の軍事浪曲、愛国浪曲という非難のツブテが飛んできた。封建道徳のナニワブシ、という陰口、そしてあからさまな嘲笑、罵倒の矢面にそれは立たされてきた。そして長谷川伸の「股旅小説」や「股旅物」もまた、おそらく同じ運命のもとに日陰の道を歩かされるようになっていったのである。

しかしよくよく考えてみれば、われわれの周辺には杉野兵曹長やその妻のような、戦争を底辺で引き受け苦しんで犠牲になった人びとがたくさんいたのではないだろうか。そういう人びとの悲しみや苦しみを思いやることなく、ただ「浪花節的」と軽蔑のまなざしで見下し、それをなにか「民主主義的」な風潮の対極にあるもののようにみなしたのは、むろん私自身を含めてのことなのだが、やはり軽薄なことだったというほかはない。そして、そのとき、春野さんがいったつぎの言葉が、記憶にのこったまま離れない。——人は浪曲を古いというけれども、浪曲は人間の「身もだえの話」なんです。いつの時代でも変らないはずのものです……。

「身もだえの話」という言葉が、身にしみたのである。

第三章　『一本刀土俵入』

しがねえ姿の、横綱の土俵入りでござんす

舞台の中央で、長い棒をゆっくりふりまわし、静かな、しみ入るような声で、歌うように語りかけている役者の姿が忘れられない。

どの劇場だったかは覚えていないが、あれはたしか、新国劇の島田正吾だったと思う。関取になる志をとげることができなかった茂兵衛《もへえ》が、取的《とりてき》（ふんどしかつぎ）のまま、情けをうけた人のため、せめて土俵入りの真似ごとを演じて、恩返しの気持をとどけるのだという。けなげで、哀れな駒形《こまがた》茂兵衛の表情が印象にのこっている。

いまではあまり演じられなくなった『一本刀土俵入《いっぽんがたなどひょういり》』の、幕切れの場面である。

長谷川伸がこの作品を発表したのが昭和六年（一九三一）、同じ戯曲の『沓掛時次郎』（昭和三年）を皮切りに名作があいついだ時期に書かれたもので、これもそののち舞台のほかに映画になんどもとりあげられることになった。

まずは粗筋であるが、序幕の第一場が「取手の宿・安孫子屋の前」。

取手は水戸街道の宿場町、その安孫子屋という旅籠の前で喧嘩がはじまる。暴れん坊の弥八が相手かまわず喧嘩を吹っかけているところへ、茂兵衛が通りかかる。かれは関取になる見込みがないと親方から見放されたふんどしかつぎである。そのことで侮辱された茂兵衛は、当の弥八を頭突きで倒して追い払う。

そのとき、安孫子屋の二階から身をのりだした酌婦のお蔦《つた》が、茂兵衛を見降ろして身の上をたずねる。茂兵衛は上州の駒形の出で、親兄弟はなく、故郷の母のお墓の前で横綱の土俵入りをしてみせるのが夢だという。

その話をきいて、お蔦も自分の故郷の八尾《やつお》を思いだし、越中おわら節を唄って、茂兵衛に巾着を投げ与える。さらに櫛と簪《かんざし》をしごきに結びつけて二階から落とす。

茂兵衛は泣きながらそれを受けとり、江戸にもどってもう一度弟子にしてもらい、いずれ横綱になって恩返しをするといって去る。

第二場は「利根の渡し」。茂兵衛が川辺の石に腰をかけ、腹ごしらえをしているところへ弥八が追いかけてきて乱闘になる。そのはずみに、弥八がお蔦には父なし子がいるといって逃げ去る。茂兵衛はそれが気になって通りがかった子守娘にたずねると、おぶった子がお蔦の子だとわかる。石に腰をかけた茂兵衛が残した食い物を大口をあけて頬張って幕。

それから十年が経過して、「大詰」となる。

第一場が、利根川沿いの布施《ふせ》。船大工たちが仕事をしているところへ、角力《すもう》をやめてヤクザ姿の渡世人になった茂兵衛があらわれる。安孫子屋のことをたずねるが、お蔦の消息はわからない。立ち去ろうとすると、土地の親分である波一里《なみいちり》儀十《ぎじゅう》の子分たちが登場してきて襲われる。賭場荒らしのイカサマ師と間違えられたのだ。茂兵衛は子分どもを痛めつけ、事情を聞いて去る。

第二場が「お蔦の家」。お蔦は娘のお君と取手の宿場近くに住んでいる。そこへ儀十ら一味がイカサマ師を探しにやってくるが、見つからないままに引きあげる。お蔦の亭主がまだ生きていて、イカサマ博打をして追われていることがわかる。

入れかわりに亭主の辰三郎が舞台にあらわれる。久しぶりの親子夫婦の対面となる。辰三郎が事情を話し、博打で稼いだ金は返して、お蔦の国元にいっしょに逃げることにする。この場面で、娘のお君が母の故郷の越中おわら節を唄う。

そこへ茂兵衛がたずねてくる。お君のおわら節をきいて、お蔦の家をさがしあてたのだ。お蔦にむかってあらためて礼をいうのだが、お蔦は思い出せない。いたし方なく、茂兵衛は金包みだけをおいて立ち去るが、しばらくしてもどってくる。波一里一家が辰三郎を追ってきたからだ。

戸を叩く音。茂兵衛が戸の心張棒をとってふってみせる。その姿をみて、お蔦が「思い出した」という。

第三場は「軒の山桜」。お蔦の家の前である。桜の木の老い木と若木と二本植わっており、花が咲いている。利根川が家の横にやや遠くみえる。茂兵衛ははじめ家の入口の前で棒を提げて立っているが、襲いかかってくる子分たちをみて棒を捨て、角力の技をくりだしてなぎ倒す。それをみて胸をつかれるお蔦と辰三郎……。その辰三郎親子を見送りながら、茂兵衛がつぎの名台詞《せりふ》をいう。

ああお蔦さん、棒ッ切れを振り廻してする茂兵衛の、これが、十年前に、櫛、簪、巾着ぐるみ、意見を貰った姐《あね》さんに、せめて、見て貰う駒形の、しがねえ姿の、横綱の土俵入りでござんす。

(『長谷川伸全集』第十六巻、三三三頁)

茂兵衛は桜の木の下にたたずみ、気絶している者どもを見張っているところで、幕となる。この最後の名台詞へとしだいにせり上げていくための小道具というか、作者の工夫が、読んでいて何ともまぶしい。まず、安孫子屋の二階の奥からきこえてくる三味線の爪弾きの音。その音色にのせて唄う、お蔦の越中おわら節の声、である。そして何よりも、その安孫子屋の二階から櫛、簪をしごきに結びつけて落とし、巾着ごと投げ与えるお蔦の姿……。

私は京都に、もう二十年近く暮しているが、この地にやってきてまもなくのころだったと思う。六月の声をきくと、鴨川沿いの料理屋や茶店では床を出して客をもてなす。河原の上にはりだすような仮設の座敷をつくって、暑気を払いながら酒肴を楽しむ。ときどきそんな席に招かれることがあったが、そんなときにきいた話である。

以前、この河原に床を出す季節がおとずれると、夜が更けるにつれて新内流《しんないなが》しがやってきて、唄をきかせて歩いていたという。すると客のなかには金子《きんす》を包んで小さな笊《ざる》に入れ、それをしごきに結んで上から垂らし、心付けにする風があった。それがいつごろまでおこなわれていたのかききもらしたが、かつては、東京でも上方でもよくみられる光景だったのだろう。

人情話をやんわり包む常套の道具立てとみられないこともない。だがこの『一本刀土俵入』の芝居を、ただ三味線の音色や越中おわら節、さらには新内流しの情調のなかに融かしこんでしまうとやはり間違うだろう。長谷川伸のねらいはかならずしもそこだけにしぼられていたわけではなかったからである。それが最後の幕切れの場面、あの名台詞が劇場の天井いっぱいにひびきわたるような場面の設定にあらわれているのではないだろうか。そこには華やかな色気と義侠の風が吹いているからである。

『一本刀土俵入』の舞台演出については、藤井康生氏の興味ある分析があるので、その一端を紹介しておこう（「映像の中の芸能」④、「『一本刀土俵入』―島田・勘三郎・松緑」、『上方芸能』149号、二〇〇三年九月）。

同氏によると、この作品には三本の舞台の映像がのこされており、それによると最後の幕切れのシーンがそれぞれ独自に工夫されているという。

その三本とは、解散寸前の新国劇の島田正吾主演による浅草公会堂の舞台（昭和五十九年）、中村勘三郎（十七代目）と尾上梅幸（七代目）の珍しいコンビによる国立劇場のもの（昭和六十年）、そして尾上松緑（二代目）の絶頂期の姿がみられる歌舞伎座公演（昭和三十二年）である。いずれも甲乙つけがたいが、八十歳とは思えない島田正吾の計算されつくした芸がくりひろげられる新国劇の舞台が、やはり見応えがあったという。私が見たのもその島田の舞台だったと思う。

長谷川伸の戯曲は省略が多いため、それだけそこに真実味を与えるための演出上の工夫が要請されていたようだ。それがとりわけ名台詞が出てくるラストシーンに際立っている。そこに焦点をしぼって比較してみると、さきの勘三郎版は、儀十たちを当て身で倒し、名台詞をいってから、辰三郎お蔦一家が逃げて行く先をじっと見守るところで幕。松緑版は名台詞をいってから礼のしるしに頭を下げるところで幕。島田版は名台詞のあと、桜の木の下に腰を掛け、煙草を一服ふかして幕。

この作品は舞台のほかに映画にもなっている。その代表的なものとして長谷川一夫（昭和三十五年）と勝新太郎（昭和四十七年、テレビ映画）の主演のものを挙げることができると藤井氏は書いている。それによると、長谷川一夫版では、こうなっている。辰三郎の漕ぐ舟で去って行くお蔦に語りかけるように名台詞をいうのだが、原作にある「横綱の土俵入りでござんす」の台詞が「一本刀土俵入りでござんす」と変更され、一本刀を鞘に収める仕草をする。そのあと荒れはてた安孫子屋の前にたたずみ、感慨にふけってから旅をつづける。すると途中で角力の巡業を知らせる触れ太鼓の一行に出会い、昔の自分を思いだしたかのように、幟《のぼり》をかつぐ取的に金を与えて激励する。その取的が林成年《はやしなりとし》である。何度も礼をいう取的と茂兵衛の距離がだんだん離れていき、三橋美智也の主題歌がかぶさる。

これにたいして勝新太郎版は同じように舟で去っていくお蔦にむかって名台詞をいうのであるが、「土俵入りでござんす」のところで実際に土俵入りの格好をする。そして、お蔦たちが遠ざかるのをみて、茂兵衛は胸から櫛、簪をだしてみつめ、思い入れのあとふたたび胸に収めて三度笠に合羽姿で朝霧のなかを遠ざかっていく。

このように舞台であれ映画であれ、作品によってそれぞれ工夫がなされ、同じラストシーンは一つもないのであるといって、藤井氏は筆をおいている。なるほど、省略と余情を駆使した長谷川伸の作劇術とはそういうものだったのかと思わせられるのである。

そのことにふれて、私にも思い出すことがないではない。かならずしも直接に関係することではないのであるが、やはり記しておこう。

一九九五年のことだった。その四月上旬に、私は十日ほど中国にでかけた。西は敦煌に飛んで石窟と壁画をみてびっくり仰天し、帰りは上海を経由してあわただしく帰ってきた。

中国の旅はそのときで四度目であったが、上海の宿でテレビのチャンネルを廻していると、日本の衛星放送が画面にあらわれた。折しも日本はオウム真理教の事件で騒然としていたが、そのニュースが終ると、突然眼前に、黒澤明映画『虎の尾を踏む男達』という文字が大映しになった。

そのタイトルをみて、はじめは何のことやらわからなかったが、そのうちそれが黒澤明の戦後も比較的早い時期（一九四五年）の作品で、「勧進帳」を現代風にアレンジした物語であることがわかってきた。虎の尾を踏む男達というのが、義経、弁慶を軸とする山伏姿の主従一行のことで、越すに越されぬ安宅《あたか》の関が、おそるおそる踏んで通らなければならない「虎の尾」というわけだった。

弁慶が大河内伝次郎、安宅の関守・富樫左衛門に藤田進、義経には岩井半四郎、そして山伏の一人に志村喬をあてている。いかにも黒澤好みの布陣といえるが、この山伏の一行に途中からまぎれこむ剽軽な強力《ごうりき》として榎本健一《エノケン》が登場する。意表をつくような配役であるが、これがドラマを生き生きしたものに仕立てあげている。エノケンの自在な演技もみものであるが、黒澤明のからしのきいた演出もさえている。

筋については書くまでもあるまい。謡曲の「安宅」、歌舞伎の「勧進帳」で語りつがれ、今日なお「忠臣蔵」とならぶ当り狂言の筆頭の座を占めてゆるがない。時代をこえる「国民文学」の傑作として人びとに親しまれてきたお芝居だ。みようによっては、これもまた義俠心の物語といっていえないこともないだろう。

その義経と弁慶と富樫によってくりひろげられる物語を上海の地でみていて、しんとした気持になった。上海という外国でみたから、そういう印象をつよくもったのかもしれない。その映画がゴールデンアワーに、衛星放送にのせられたというのも面白い。いつまでもつづく黒澤映画の人気のせいなのだろう。

それとも物語の展開、筋立てそのものにインターナショナルな味があるのかもしれない。とはいってもこのような物語の風味はたしかに中国では見出しがたいものではないだろうか。東南アジアでもまずみられない。もしかするとこれは韓国でも発見することができないような気もする。とすると、衛星放送の電波が及ぶところ、そこにはいつも「日本人」がいる、という単純な事実をそれはあらわしているだけなのかもしれない。

「勧進帳」という芝居の勘どころは、いうまでもないことだが、越すに越されぬ関所を、主を思う弁慶の機転と、一行の正体を見破っている関守・富樫の情けによって無事くぐりぬけていくところにある。手に汗を握る場面である。平俗にいってしまえば、義理と人情の葛藤をまさに蒸留した芝居ということができるだろう。

黒澤明もそこのところはよく心得ていて、大河内伝次郎と藤田進のやりとりで結構泣かせる。エノケンの猥雑な大立ち廻りが、展望のみえそうにない主従一行の暗い行く手を、さらに暗いものにしている効果もみのがせない。かれらはやがて滅びる運命にある。見えない不吉な闇がかれらの前途に忍び寄っている。その前途を予告するような冷たい無情の風が、最後のシーンの背面から吹いていた。

日本にもどってからは、オウム真理教の事件がモタモタした捜査のなかでしだいに過激な様相を呈しはじめていた。そんなあるときだった。上海でみた『虎の尾を踏む男達』が呼び水になって、長谷川伸の『一本刀土俵入』を思い出していたのである。その最後のシーンで、親子三人どこともしれず落ちていく後ろ姿に、山伏に身をやつした義経、弁慶の主従一行のシルエットを重ねていた。富樫と弁慶のそ知らぬ風情のやりとりに、お蔦と茂兵衛の今生の別れの場面が吸いこまれていくような気分を味わっていた。そしてその最後の「土俵入」のシーンにおいても、あの無情の風が吹いていた。いや、無常の風が吹いていたといった方がいいのかもしれない。

これは「勧進帳」の、映画ではなく舞台の方であるが、最後の場面で弁慶が両腕を振りあげ振り下ろし、豪快な六方を踏んで花道を引きあげていく。その姿が、棒ッ切れを振り廻しながら最後の名台詞をくりだす駒形茂兵衛の「土俵入」に重なるのである。

第四章　武士道、町人道、任俠道

弱者に対する「負い目」

人の噂話をするときほど楽しいときはない。胸に手をあてれば、誰でも思いあたるだろう。以前、人物月旦（人物評）の趣向について、友人と雑談を交わしたことがあった。人間批評の尺度のようなものだ。友人がいうには、「知性」と「やくざ性」と「含羞性」と、その三つぐらいと思うが、どうだろうという話になった。私は、なるほどとうなずいた。ただ尺度の立て方としては面白いが、その三者のかね合いが難しいところではないかといった。

知性の比重を二割にするか三割にするかでも、意見は分かれるだろう。やくざ性と含羞性となれば、その取り合わせには何ともいえない風味がただようが、バランスをとるのは難しくなるだろう。そういう人間の風味のようなものがどんどん稀薄になっていく昨今の風潮を眺めていると、つい知性のようなあいまいなものを二割から一割に減らしてしまいたくもなる。やくざ性とか含羞性こそが重要なのだといってみたい。知性には人間の精神性といったものはあまり宿っているようには感じられないからだ。それにくらべてやくざ性や含羞性にはそれが濃厚に含まれているのではないか。

今日、やくざ性などというと、ついやくざの風俗と間違えられそうだが、早とちりしないでほしい。ちょっとあらたまった気持でいえば、反俗的な冒険心、といったような意味合いで使っているつもりである。そんな言葉遣いも、含羞などといういい方といっしょにもう時代遅れになっているのだろう。それがいささか寂しい。われわれの精神の力が衰えてしまっているようにみえて、情けない。

昔の話になるが、この日本列島には武士の独自の生き方、つまり作法があり、百姓町人にも百姓町人なりの生きる指針があった。やくざ社会にも、任俠といった粋な言葉が生きていた。それらを武士道、町人道、任俠道の名で呼んできた。「……道」といえば高尚なことを論じているようでもあるが、何もそう肩をいからすつもりはない。そもそも生き方とか指針というのは一律なものではないだろう。いろいろな要素が混り合っている。それが風雪に耐えていつのまにか倫理とか道徳感情といったものに育っていったのだ。

たとえば江戸時代の町人の世界で、かれらのモラルを支えていたのが浄瑠璃だったといったのは、司馬遼太郎である。とりわけ近松門左衛門の世話物がそうだったという。かれの長篇小説『菜の花の沖』にその話がでてくる。

主人公は高田屋嘉兵衛である。江戸後期に活躍した廻船業者だ。兵庫を拠点に日本海、箱館（函館）に手をひろげ、幕府の北方政策にも協力して、蝦夷地御用定雇《じょうやとい》船頭を命じられた。クナシリ、エトロフの航路を開いたが、文化九年（一八一二）、そのクナシリ島付近でロシア軍艦に捕らえられた。その前年、日本側がロシア海軍の艦長ゴローニンを拿捕していたからだった。だが嘉兵衛は臆することなくロシア側と対等にかけ合い、自分とゴローニンとの交換釈放に成功する。ペリーが浦賀に来航する四十年前のことだった。

ほとんど最初の日露交渉だったといっていいだろう。この小説にはそんな高田屋嘉兵衛の、武士ともみまがうような誇りにみちた言動が生き生きと描かれている。なぜそんなことができたのか。かれに浄瑠璃の素養があったからだ、と司馬遼太郎はいっている。

江戸期は儒教の時代だった。幕府や藩は儒教を好み、その倫理の浸透をはかったが、それが民間では近松門左衛門のような作家によってとりあげられ浄瑠璃の台本になったという。

嘉兵衛はロシア船に捕らえられカムチャツカに連行されるとき、浄瑠璃本をもっていった。ちなみにかれが捕らえられる三十年前に、同じようにロシアに漂流した伊勢白子浦の船頭大黒屋光太夫も、ロシアでの漂泊中、浄瑠璃本を身につけて手離さなかったという。嘉兵衛もそうだったところが面白い。

言葉の通じない異国や無人島におもむくようなとき、どんな書物をもっていくかは、その時代の精神を知るうえで好個の材料になるはずだ。大黒屋光太夫や高田屋嘉兵衛が浄瑠璃につよい執着を示したのは、江戸時代の町人道を考えるためにもゆるがせにできない事柄のはずだ。その浄瑠璃について、司馬遼太郎はつぎのようにいっている。

浄瑠璃は演ずべきものだが、目で読んでも、三味線の音《ね》がきこえ、場面々々の人形たちの表情やしぐさまで浮かんでくる。

浄瑠璃は室町中期にはじまって、やがて音曲《おんぎょく》として三味線が加わり、さらに人形で演じられるようになった。江戸期は、町人の文化としては、その初頭から濃厚に浄瑠璃の時代といっていい。浄瑠璃における詩的文章と語りと会話をないまぜた文学的言語の普及が、町人たちの日常語を豊富にしたし、洗練もさせた。

（『菜の花の沖』六、文春文庫、一九八七年、八六頁）

浄瑠璃は読んでも聴いても、人形たちの表情やしぐさが眼前に彷彿とする、それが精神に形を与える。モラルや道徳感情の肉体化、ということがそれにあたる。その浄瑠璃の文と語りが、町人たちのライフスタイルに大きな影響を与えていたのだ。それがかれらの日常語を豊かにし、感情をみがきあげていた。

高田屋嘉兵衛が異国のカムチャツカで、ロシアの軍人たちと一歩もゆずらぬ交渉をやりとげることができたのも、その浄瑠璃的教養のおかげだったということができるだろう。わけても嘉兵衛の時代より一世紀前に出た近松門左衛門の存在が大きかった、と司馬遼太郎はいう。嘉兵衛はとくに近松の世話浄瑠璃『曾根崎心中』を好んだといっている。

江戸の浄瑠璃というと、われわれはつい義理と人情のしがらみ、その両者の葛藤、と考えてしまいがちだ。しかし、近松の世話物では人情が義理を圧倒していく。そういう物語のつくりになっている。実際は人情の勝利をうたいあげる悲劇なのだ。『曾根崎心中』でいえば、醬油屋の手代徳兵衛が堂島新地の遊女お初と手に手をとって、恋をつらぬき心中する。たしかに浮世の義理がかれら二人を死に追いつめるのであるが、その心中への道行きで人情の強さがついに義理の厚い壁をつき破ってしまう。司馬遼太郎の言葉によると、浄瑠璃というのは町人が男をみがく鏡であったのだ。それというのも、そこに義理を打ち砕くほどのはげしい人情の発動があったからではないか。

さきに私は、佐藤忠男氏の『長谷川伸論』をとりあげ、そこに展開されている任俠道についての議論を紹介しておいた。任俠道と武士道を、忠誠心という観点から比較したものだったが、そのなかで佐藤氏は、任俠道の究極は弱者にたいする「負い目」を担いつづけることだといっている。これは注目すべき指摘で、さきの義理人情というのも、この相手（弱者）にたいする負い目をまっとうに意識することにほかならない。それが人間の自然の情であり、モラルの源泉であった。だから、義理すなわち公が、人情すなわち私に優先するといったような単純な話ではない。

『曾根崎心中』で徳兵衛とお初が死をもって恋をつらぬく場合でも、浮世の義理にせめたてられたはての受動的な悲劇などではないだろう。徳兵衛のお初にたいする人情、お初の徳兵衛にたいする人情が、義理の顔をしているだけの酷薄な世間の掟を圧倒していく物語だったということになる。

司馬遼太郎の描く高田屋嘉兵衛もまた、そのような義理人情をその体内に大量に抱えこむタイプの人間だったのだろう。この人情過多の道徳感覚こそ、じつは江戸時代の町人道を底から支えるものだったのではないか。それはどこか、任侠道における弱者への負い目の感覚ともつながっているようにみえるのである。

武士道についてもふれておこう。任侠道、町人道とくれば、そのことにもふれないわけにはいかない。むしろ問題は、そのような任侠道や町人道のなかに武士道をおくと、どんな風景がみえてくるかということだ。股旅物や世話物にも通ずるような物語の旋律が、そこからきこえてくるだろうか。

手がかりは、いくらでもあるだろう。ここでは例によって新渡戸稲造《にとべいなぞう》の『武士道』をとりあげよう。どこから入ってもいいようなものだが、やはり「仁」にかんする一文（第五章）は逸することができないと思う。仁とは、武士道に不可避の最高の徳だという。愛、寛容、慈悲もしくは慈愛などの属性を含む。それはまた柔和にして、母のごとき徳である。

まさに、武士道の精華として賞揚されている。が、それらの言明のなかで私がとりわけ胸をうたれるのは、新渡戸がつぎのようにいっているところだ。――武士にもっともふさわしい徳として称讃されたものこそ、「弱者、劣者、敗者に対する仁」である、と。私はこの言葉に出会ったとき、新渡戸の思想の琴線にふれたような気分になった。武士道の精神が倫理的な美の世界へと昇華するのは、そのような場面においてではないかと思ったほどだ。

この「弱者、劣者、敗者に対する仁」を例示するために、かれはよく知られている熊谷次郎《くまがいじろう》直実《なおざね》と平敦盛《たいらのあつもり》の話をもちだす。『平家物語』にもでてくる一の谷合戦の場面だ。逃げ行く平家の公達をとり押さえてみれば、弱冠十六歳の美しい武者だった。涙をのんだ老武者がその首を打ち落とす。戦い終り、直実は髪をおろして出家した……。

弱者への憐憫、敗者への共感共苦の主題が静かにしみ通ってくる。武士のふむべきモラルが、敗者への慈愛を通して生き生きした美意識をよみがえらせている。「仁」という中国的な観念が、日本という風土のなかに生みおとした果実である。新渡戸は他の箇所で、武士道は「比類なき型の男性道」であるといっているが、やや理想化のきらいはあるにしてもそのような気分が熊谷直実の背中からも匂い立ってくるようだ。

その「比類なき型の男性道」であるが、それが生みだされた背景には、仏教、神道、儒教の影響があっただろうとかれはいっている。仏教が武士道に与えた栄養は、まず運命に任すという平静なる感覚、不可避にたいする静かなる服従、危険災禍に直面したときのストイックな沈着、生を賤《いや》しみ死に親しむこころ、などだ。武士道における陰の部分といっていい。

それでは神道は、何を武士道に注入したか。主君にたいする忠誠、祖先にたいする尊敬、親にたいする孝行、である。それによって武士の傲慢な性格に服従性が付与されることになった。武士道における陽の部分だ。最後の儒教の影響はどうか。孔子の教訓は武士道のもっとも豊富な淵源である。君臣、父子、夫婦、長幼、ならびに朋友間における五倫の道だという。

それらが寄り集まって「比類なき型の男性道」ができ上った。しかしこのような男性道は、比類のないタイプであるかもしれないが、未完の武士道ではないか。潤いを知らない、未熟な武士道ではないか。みようによっては魂の抜けた仏教、形骸化した儀礼的な神道、教科書通りの孔子の教えが、ただ寄木細工のように重ね合わされているだけではないか。

なぜなら武士道は「仁」の魂を喪失するとき画龍点睛を欠くことになるからだ。弱者への憐憫、劣者への同情、敗者への慈愛を抜きにしては武士道は完成しない。武士の美意識も花を咲かすことがない。そして何よりもこのような「仁」への傾倒こそが、その「比類なき型の男性道」のたんなる男性性をのりこえる契機になるのである。

新渡戸はそのことについては、何もいっていない。そこまでは考えなかったのかもしれない。しかし武士道が単純な「男性道」にとどまるものでないことは、かれも感じとっていたはずだと思う。

私は長谷川伸の作品にふれて、股旅任俠道における弱者への負い目に注目した。ついで司馬遼太郎の小説に触発されて、浄瑠璃町人道における人情過多の道徳感覚なるものの可能性を考えてみた。そして最後に新渡戸の『武士道』をとりあげて、さむらいジェントルマン道における弱者への憐憫、劣者への同情、敗者への慈愛について、思案をめぐらしてみた。

そこに一貫するものを、いったい何と呼んだらよいだろうか。任俠道、町人道、武士道をつらぬいて変らぬ主題とは、いったい何かということだ。しかと名指すことは難しいが、さきにのべたようなことがこの日本列島という風土に育まれ熟成してきた日本人のヒューマニズムの原形質ではないかと、私は思っているのである。

くり返していえばそれが、弱者への無限の負い目を担いつづける心的傾向性ということになる。その負い目には、立ちつくしながら膝を屈するような債務至上主義のモラルが脈打っている。おのれの負い目を担いつづけようとする債務の感覚である。対等の契約関係にもとづく債権意識を可能なかぎり無化しようとする意思がそこに働いているといってもいい。西欧流儀の自立的債権者の体面を保つには、われわれのメンタリティーはあまりにも含羞という強迫観念にとりつかれていたのである。やくざ性という反俗の意識が、ひそかにその牙を剝いていたのである。

しかしながら気がついてみれば、われわれの国土は、股旅任俠道も浄瑠璃町人道も、そしてさむらいジェントルマン道もすでに死語と化してしまっているような風景に変っていた。眼前に眺められるのはいつのまにか、債権主義という名の潤いのない土壁だけになっていたということだ。

あらためていうのも気がひけるが、日本人は明治このかた西欧の先進国に追いつけ追い越せで疾走してきた。みごとな疾走だったと思う。それが西欧のたんなるサル真似であったというならば、それはそれでみごとなサル真似であったというほかはない。

けれども、いまようやくわれわれは含羞の色気をとりもどすべき時期にきているのではないだろうか。含羞の色気とは、むろんたんなる乙女の恥じらいといったようなものではない。その恥じらいの表皮の裏には、いつでも弾けだすような野性と無頼の魂が秘められているからこそ、そこからは色気がにじみでてくるのである。

お念仏だけの個性尊重の掛け声からは、ちんまり自己の限界をわきまえた専門人が産出されるだけだ。同じように創造性などの強調も、乱暴者の荒々しい義侠心を抜きにしてはたんなる功名心や上昇志向に姿を変えてしまうだろう。

第五章　仇討

千差万別な敵討ち

長谷川伸が生涯こだわりつづけたテーマは、二つあったと思う。一つが「仇討《あだうち》」、もう一つが「捕虜」の問題だった。すこし誇張したいい方をすれば、この二つのテーマは、かれの全作品の上にいろいろな形で影を落としているのではないかとさえ思うことがある。長谷川伸という人間のあり方にたいしてまで微妙な、そして深い影響を刻印していたのではないだろうか。

それらの事柄については、追い追い語っていくつもりであるが、「仇討」と「捕虜」の問題というのは、もっとやさしく端的に表現すれば、追われる者、捕われる者にかかわる問題、というようにもいいかえることができる。背をみせてトボトボと行く者、網の中にからめとられ身もだえしている者、といってもいい。そんな光景が、われわれのまわりにはごろごろしている。

さて「仇討」であるが、これは「敵討」とも「仇撃」とも書く。長谷川伸の作品の中でも、そのようないく通りもの書き方で出てくる。もちろん、かならずしも書き分けられているわけではない。

長谷川伸が作家としてデビューし、一本立ちしたのが大正十年代だった。出世作の『夜もすがら検校』が大正十三年（一九二四）の発表で、作者が四十歳のときだった。やがて昭和時代に入って昭和三年の『沓掛時次郎』、同五年の『瞼の母』、翌六年の『一本刀土俵入』とつづく。

そしてちょうどこのころと時期的に重なるような形で、仇討小説（または芝居）が発表されていった。ということは、長谷川伸の仇討研究がそのころからはじまっていたということだろう。作家としてデビューしたときから、それが始まっていたということになる。

その足跡を、ここでアトランダムに辿ってみると、

『敵討冗《むだ》の三年』、大正14年『新小説』8月号
『討たせてやらぬ敵討』、大正14年12月、短篇集『討たせてやらぬ敵討』所収、春陽堂刊
『敵討鎗諸共《やりもろとも》』、大正14―15年『サンデー毎日』連載
『敵討たれに』、大正15年『大衆文芸』1月号
『敵討邯鄲枕《かたきうちうきよのゆめ》』、大正15年『大衆文芸』5月号
『母を打つ敵討』、大正15年5月、短篇集『弱い奴強い奴』所収、至玄社刊

『仇討の後』、大正15年『文藝春秋』9月号
『不入斗《いりやまず》の仇討』、昭和2年5月、短篇集『船来巾着切』所収、春陽堂刊
『胴を惜む物語』、昭和7年『サンデー毎日』1月1日号

みられる通り、大正末年から昭和の初めの時期に集中しているのがわかるが、ほとんど短篇ばかりで、仇討小説の習作時代、肩ならしの時代といった観がある。

その、いってみれば準備期間をへて、本格的に仇討小説にとりくんだのが昭和十一年から書きはじめられた長篇『荒木又右衛門』だった。これは、昭和十一年十月から同十二年六月にかけて都新聞に連載された。長谷川伸は明治四十四年（一九一一）から大正十四年（一九二五）まで都新聞に在籍し、社会部長と文化部長を兼任していたが、長篇の『荒木又右衛門』を執筆している当時は同社の客員になっていた。そのため、原稿料を受けとってはいなかったという。ついで昭和十四年になって、第二の長篇『石井源蔵兄弟』前、後篇が書かれる。十四年の三月二十五日から十一月三日にかけて同じ都新聞に連載された。さらに昭和十六年四月、『源太左衛門兄弟』が刊行されている（『源太左衛門兄弟・夜渡り鳥』所収、非凡閣刊）。

長谷川伸の仇討小説は、この昭和十一年から同十二年にかけて書かれた『荒木又右衛門《あらきまたえもん》』でピークに達し、永年にわたる仇討研究の成果がそこに結晶しているといっていいが、しかしかれの「仇討」探求の志と情熱はすこしも衰えることなく、晩年まで持続しつづけた。その証しともいえる作品が死の直前まで書きつがれた小説『日本敵討ち異相』だった。この作品は昭和

三十六年十二月から同三十七年十二月まで『中央公論』に連載されたが、その翌年の昭和三十八年（一九六三）六月十一日、心臓に異状があらわれ、永遠の眠りについた。ときに七十九歳……。

長谷川伸は、最晩年にいたるまで、なぜ仇討研究をつづけ、仇討小説を書きつづけたのであろうか。かれが仇討をテーマとして書いた小説をつなぎ合わせていくと、それが生涯にわたる一貫したテーマであったことが右に掲げた簡単な列挙からだけでもわかる。その熾烈な関心の強さは、いったいどこからくるのであろうか。

死の六年ほど前になるが、長谷川伸は『内外タイムス』に随筆「生きている小説」を連載していた。これは昭和三十二年から同三十三年まで三百回にもわたる長期の連載だったが、そのなかに「敵討ち余録」という文章がでてくる（『長谷川伸全集』第十二巻、一五五―一七一頁）。その中で作者は「敵討ち」について、いくつかの注目すべき発言をしている。なぜ敵討ちの小説や戯曲を書くのか、どういう立場で書こうとしているのか、その手の内を明らかにして、気軽な語り口で語っている。

敵討ちの事蹟をあつめること三百数十件、その中には、敵討ちをやりとげさえすればいいかのごとき、イヤな後口《あとくち》のものもあれば、その反対に、討つ方にも討たれる方にも、心惹かれるようなのもある。人と人と、事柄と事蹟とが、ちがっている限り敵討ちだからとて、当

然、いろいろの〝形〟と〝相〟とがあるはずである。（『長谷川伸全集』第十二巻、一五六頁）

長谷川伸の基本的な立場が、ここに端的に表明されているといっていいだろう。歴史に登場する実際の敵討ちは、その「形」も「相」も千差万別だったといって、いくつかの例をあげている。

磐城相馬中村の佐藤義清の場合。この義清は五歳になった慶長三年（一五九八）の春、父の義房を手塚の兵衛というのに討たれた。それで十八歳になったとき、一名の家来とともに父の敵を探し歩きはじめて、それから二十年余が経ってしまった。父が討たれたときから数えると、四十年近くが流れている。

義清主従は、やがて縁あって岩代《いわしろ》の伊達郡保原村で帰農したが、明暦二年（一六五六）のこと、同村にある高知寺の僧がかつての手塚の兵衛であることをつきとめる。僧はこのとき、「（自分はこんな姿になって）久しいが、六十年に近い昔、おんみの父を殺せしものなれば、我を討って供養されよ」という。だが佐藤義清はこう答えた。「数十年の間、天下を漂泊したれども邂逅せず、よってここに家計をいとなんで久しく、今はハヤ、恩怨一夢なり」――そういってついに敵討ちをやらなかった。

この佐藤義清の場合は、僧形の敵を討たない結末になっているが、これにたいし秋田の布施平太夫の敵討ちは、出会ったとき相手が貧窮の僧になって哀訴歎願しているにもかかわらず、これを斬り捨てている。また越後の久米幸太郎の敵討ちの場合も、敵が僧になっていた上に八十二歳もの高齢であったにもかかわらず、容赦なく斬っている。久米は前髪のある若衆で新発田を出発し、敵討ちをして帰ってきたときはハゲ頭になっていた。これなどは「イヤな後口」の事例ではないだろうか。

この「イヤな後口」の極め付きは、千葉花明（亀雄）の『日本仇討物語』にもでてくる松井三七にからまる敵討ちだったといっていい。そのいきさつを引用紹介しながら長谷川伸は話をすすめているのであるが、そこに展開される怨念と敵討ちの無限につづく連鎖の状況には、しんそこ驚かされる。

出羽山形の松平下総守の児小姓《ちご》で伴市三郎というのが、児小姓頭の阿部弥市左衛門と兄弟の約を結んでいた。この兄弟の契約とはもちろん男色関係をいったものだ。

ところが阿部弥市左衛門に不信の行為があったので、伴市三郎は友人の松井三七に後事を頼み、阿部を夜討ちにかけて斬り倒し、他国へ逃げた。ところが斬られたはずの阿部は死をまぬがれ、傷養生をしてから山形を逃亡し、伴市三郎を探して返り討ちにしようとした。が、市三郎は逃げつづけて、三年後に病死してしまった。

それで万事終りとなるところだったのだが、そうはいかなかった。伴市三郎に後事を託された松井三七が、大坂の地で阿部を見つけだして殺してしまったからだ。するとこんどは、その殺された阿部の弟が、「おのれ兄の敵《かたき》」と松井三七をねらい、江戸の本郷弓丁でみつけだして殺した。ところが殺された三七の弟に松井権三郎というのがいて、この者が「おのれ兄の敵」といってさきの阿部の弟をねらって殺してしまう。そうすると阿部の弟の甥なる者が新たに名乗りでてきて「おのれ伯父の敵」といって松井権三郎を殺すために出立した……。

このように「おのれ……の敵」と名乗って、つぎつぎ復讐がくり返される敵討ちのことを「又敵《またがたき》」を討つ、という。いま紹介した話がまさに、「又敵」の「又敵」……とつづく忌まわしい連鎖を物語っているが、当時の法律はもちろんこのような又敵を討つといった行為を許してはいなかった。そんな「イヤな後口」のエピソードを紹介してから、長谷川伸はつぎのような感想を書きとめているのである。

敵討ちとさえいえば、討手が正しくて、討たれる敵は不正とは、バカ気切った取りきめ方だが、今でも往々にして、昔ながらのこのバカ気切った杓子定規を踏襲しているもの少しとしないので、一つ二つの敵討ち異相を掲げてみた。

それに又、敵討ちをすると人々は、その当座は褒賞を惜しまない。それは辛酸に耐え、危険をおかし、おのれによく克ち、目的を忘れず、栄達も功利も考えなかったことに対し、勇気と幸運とを讃えるのである。しかし、そんなことは長持ちがむずかしい。事蹟は歳月によって消され易い。

(『長谷川伸全集』第十二巻、一五七―一五八頁)

作者が最晩年にいたるまで「敵討ち」のテーマに関心をもちつづけたことについてはさきにのべた。死の直前になって、大作『日本敵討ち異相』の連載をはじめていたことからもそれはわかるが、とりわけ敵討ちの「異相」についてこだわりつづけていた作者の心意が、右の文章から伝わってくる。敵討ちにまきこまれていく当人たち、それを取り巻く人々の心に宿る光と闇の世界である。

もう一つ、長谷川伸の敵討研究というか仇討小説を理解する上で、私が面白いと思っていることがある。敵討ちの話をつぎつぎと書かずにいられなかった作者の動機のようなものといってもいい。

戦後になって出版された随筆集に『材料ぶくろ』というのがある。昭和三十一年、青蛙房から刊行されている。ほごになった原稿用紙に書きとめられ、のちにまとめられたというが、この種のものが数冊の分量になっている。

これはその一冊であるが、文字通り執筆の舞台裏がザックバランな口調で語られている。その中に、「祟《たた》る『敵討鎗諸共《やりもろとも》』祟らぬ『股旅草鞋《わらじ》』」という文章が載っていて、なかなか面白い。『敵討鎗諸共』も『股旅草鞋』も、長谷川伸にとっては忘れ難い作品だった。

はじめの『敵討鎗諸共』には同じ題名の小説と芝居があるが、小説の方は作者が新聞記者をやめて原稿生活に入りたいと思うようになっていた大正十四年に書かれている。発表誌は『サンデー毎日』で、この年の十一月八日号から翌十五年二月十四日号に発表されている。ちょうど長谷川伸の名を使いはじめたころで、その短篇が世間に評価されるようになっていた。この小説に挿絵を描いたのが堂本印象で、挿画の方はすこぶる好評だったが、小説はウケなかった、と作者は謙遜して回想している。いずれにしろ思い出深い作品であったことは間違いない。

もう一方の『股旅草鞋』は二幕物の戯曲で、昭和四年（一九二九）、『改造』の四月号に発表されている。これは翌五月になって本郷座（市川寿美蔵）および大阪の浪花座（阪東寿三郎）で同時上演された。

長谷川伸の初期作品の中で注目すべきものが「股旅物」と呼ばれるジャンルであったことは前にものべたが、「股旅物」は主として長谷川伸と子母沢寛によってブームの火がつき、しだいに読者の間に定着していった。その「股旅」の名称を使った最初の作品が、『改造』四月号に発表した戯曲『股旅草鞋』だったのだ。

その作家人生にとって節目になったような、思い出深い二つの作品をとくにとりあげて、浴衣掛けの語り口よろしく比較してみせたのが、さきの「祟る『敵討鎗諸共』祟らぬ『股旅草鞋』」というエッセイだった。しかも一方が祟る作品、他方が祟らぬ作品と銘打たれている。前者が縁起の悪い作品、後者が縁起の良い作品だったといって、なつかし気に回想しているのである。

『敵討鎗諸共』が世に出てから、作者の身辺に「凶《わる》いこと」がつづいたのだという。連載をはじめかけると、義母が銭湯で血を吐き、まもなく亡くなった。連載を終えて本にした年（大正十五年）、妻まさえが患い、秋の風が吹くころ死んでしまった。このとき作者はどうにもならない落莫感に襲われて、百ヵ日の後に自殺する気になったほどだったという。しばらくして、こんどはこの小説を芝居にする話が出て許可を与えると、それが地方で勝手に上演されるというトラブルが発生した。

それが予兆だった。あるとき何の拍子からか、『敵討鎗諸共』が作者に祟るのではないかと思ったのだという。きっかけは手元にもっていた故山川秀峰作の『雪女郎』の絵であった。それを床の間にかけると風邪をひく、二度や三度のことではない。しばらくして絵の作者に会ったとき、そのことをいうとその画家は大いに喜んで、自分も絵が少々うまくなりかけたのだといった。それがきっかけになったのだといって、つぎのように書いている。

それを思い出した途端に聯想が走って、あの本が祟るのではないかとなったのかしらと思う。私はそのとき篇中の人物の悲惨さを、もっと悲惨にしてやれという気になり、加筆したところ、外出中に自動車に轢《ひ》かれかけたこと一再でなく、その上に原因不明の痛苦が体に起ったので、こいつはいけないと思うようにツイなってしまった。それ以来今に至るまで、『敵討鎗諸共』の小説の方は復刊しないでいる……。

（傍点筆者、『長谷川伸全集』第十一巻、三三六頁）

もっとも作者は、こんなことはたんなる迷信にすぎないのだろうと追記している。けれども同時に、「敵討」の物語を書くことへの重荷のような感覚、あるいは償いの気持にも通ずるような気配が、この文章からは立ちのぼってくる。やはり、心の奥底では祟られていると思っていたのではないだろうか。

又敵はご法度

荒木又右衛門と義弟渡部数馬《わたなべかずま》が伊賀上野で敵《かたき》の河合又五郎とその一行を討ち取ったのは、寛永十一年（一六三四）十一月のことだった（いわゆる「伊賀越仇討《いがごえあだうち》」）。戦国の気風がまだ残っていた家光の時代である。その三年後に、九州では島原天草の乱がおこっている。

この敵討は歌舞伎や講談、そして映画などで取りあげられ、虚構を交えて面白おかしく語り伝えられるようになった。けれどもその中にあって、長谷川伸の手になる長篇『荒木又右衛門』は丹念に史料にあたったもので、現実にそうであったであろうと思わせる、緊張と躍動感にみちた作品に仕上っている。

決闘は午前八時から午後二時近くまで、ほぼ六時間にも及んだ。又右衛門は、助っ人の河合甚左衛門を斬ったあとは、数馬と又五郎の死闘を見守りつづけた。終始、数馬を励まし、みずからは助太刀の手をだすことがなかった。顔面までめった斬りにされた数馬が、最後になって又五郎の止殺《とどめ》を刺す。その最後の場面を、長谷川伸はつぎのように描く。

又五郎は、ふらりと、弱々しく、数馬に向って歩いた。張り裂けそうな眼に、心の苦闘が光った。……

が、起っておられなくなった。くたくたと地に坐り、口を動かした。

その様子を、じッと見つめていた又右衛門が近寄って、聞き耳たてると、

「終りとなった——南無」

と、又五郎は呟くようにいっていた。

「南無阿弥陀仏」

と、又五郎の低い弱った声が聞えた。

又右衛門は又五郎の眼を見た。平穏な色に変っている。

「又五郎、よく闘いたり」

一言、手向《たむ》けた。

「うむン」

ばッたり、前へ伏した。乱れた髪に珠なす汗が、午後の日をうけて幾つか光った。

数馬は地に坐り、うっとりしている。

「数馬、止殺《とどめ》！」

又右衛門の声が耳にはいらずにいる。

「数馬！」

帯を引ッつかんだ又右衛門が、耳許へ口を寄せ、

「腰が抜けたかッ、不覚な！」

と、恥《はずか》しめた。

数馬が口を大きく開いて、

「おう！」

止殺を急ぐ気だろう、手足をばたばたさせた。血の雫が、散る露のように四方に飛んだ。

又右衛門はそれを引き起し、引き摺るように又五郎の上に置いた。

又五郎の伏した辺が血の潦《にわたずみ》※になっていた。

…………

数馬は盲のように手探りして、又五郎の頸の急所に、刃こぼれ五カ所、打込み疵一寸あまりできた、備前祐定作の刀尖《きっさき》を刺した。

「めでたい」

と、又右衛門がいった。

（『長谷川伸全集』第四巻、三〇一―三〇二頁）

※潦（にわたずみ）とは「雨が降って地上にたまり流れる水」のこと（『広辞苑』）

このとき荒木又右衛門、三十七歳、渡部数馬は二十七歳だった。ちなみにその後、又右衛門は寛永十五年（一六三八）に四十一歳で病死、数馬は寛永十九年、三十五歳で世を去っている。いずれも短命であったことがわかる。伊賀上野の決闘が、いかにきびしいものであったかを、それは示している。

この止殺を刺す場面のあと作者は、数馬の負傷は十三カ所、うち、腕二カ所、左足一カ所、肋《あばら》一カ所、この四カ所は重傷だったと記し、又五郎の負傷は七カ所、うち、頭一カ所、左腕一カ所、咽喉《のど》一カ所（止殺）、この三カ所が重傷だったと書く。これにたいして、又右衛門は無疵だった。

伊賀越仇討のあと、荒木又右衛門と渡部数馬はこの地域を統治する藤堂家に三カ年のあいだ預けられる。やがて幕府の裁きが決着し、晴れて自由の身になった二人は駕籠にのせられて、ふるさとに帰る日がくる。その寛永十五年六月、晴れがましい出立の日の状景を、作者はつぎのように描いている。

……残暑が酷しく、道路が白く照り輝いた。五年前、鍵屋ヶ辻で決勝したときは、寒きがうえに寒い冬だったのである。

上野城下は見物の人で、沿道の両側が人で盛りあがってみえた。

が、数馬は歓呼を聞くと、顔を伏せた、顔を他人にみられたくないのである。十三カ所の負傷は治ったが痕がありあり残っている、なかにも、顔のごとき、毎朝、面を洗う水に映るのが厭《いと》わしいほど、醜怪になっている。

……………

行列は思いでの小田博労町を出て、長田川を越えた。五カ年停められていた伊賀上野の城が、うしろへ後へと遠くなる。

（『長谷川伸全集』第四巻、三三一―三三三頁）

仇討の顚末が、刀疵で切り裂かれた渡部数馬の「醜怪」な表情を大映しにすることで打ち止めにされていることに注意しよう。作者はその情景を、「毎朝、面を洗う水に映るのが厭わしいほど、醜怪になっている」と書いている。作者自身顔をそむけたくなるような筆づかいではないか。

ここでふり返れば、この伊賀越仇討事件の発端は、そもそも数馬の弟・源太夫《げんだゆう》が岡山藩主の寵童となり、そのことを妬み、横恋慕した河合又五郎が、源太夫を闇討ちにしたことにあった。渡部源太夫は藩内では誰知らぬもののいない美少年だった。その源太夫を、屋敷に忍びこんで斬り殺す直前の場面を、作者はつぎのように描いている。

又五郎は下腹に力を入れ、息を静かに吐いたり吸ったりした、それを繰り返して、昂《たか》まる心を抑えつけようと努めたが、動悸が、じっとしていてもわかるほど高い。
源太夫のうしろ姿は、又五郎からは逆光線になって見えた、が、その美しさは、まるで咲いた花のようで、男の壮《さか》んなる美しさとも違い、女の優婉《ゆうえん》なる美しさとも違った。
いつのまにか、又五郎の呼吸が荒くなっていた。咽喉の奥が乾いて、鼻の奥が痛痒《いたがゆ》い。
と、色の白い源太夫が振り返った。ふくよかな頬が、漆黒の髪と青い月代《さかやき》に照応して、麗《うらら》かな若者、数あるなかで、この上なしとうたわれた容色が輝いた。

(『長谷川伸全集』第四巻、一四頁)

このような源太夫の容姿をあらかじめ読まされていると、兄・数馬の立居振舞いについてもいつしかこの上なく艶なる美形を想像の中でかきたてられることになる。作者はそのことをあらかじめ計算していたのではないだろうか。

ことが終って、あらためて兄・渡部数馬の「醜怪」な顔面が大映しにされたとき、それが弟・源太夫の、幽鬼のごとき生れ変りではないかと錯覚させるほどだ。その作者の意識下の眼差しというか衝動が、その後も持続し、晩年になって書きつがれていく小説『日本敵討ち異相』において息を吹き返す。小説『荒木又右衛門』がその終盤になって生み落とした数馬の「醜怪」な表情は、もしかすると小説『日本敵討ち異相』の「異相」においてその全貌をあらわしたのかもしれない。

もっとも小説『荒木又右衛門』は、もうひとつ、読者に強い印象を刻みつけずにはおかないエピソードをつけ加えて、終幕を迎える。

伊賀の鍵屋ヶ辻で決闘がはじまり、河合又五郎が数馬と又右衛門によって追いつめられているときだった。そばに寄りそう又右衛門が、「数馬、それッ」と下知を発し、自分の二尺八寸金道の名作に風を起させ、又五郎を側面から脅かす。そのときどうしたわけか、その金道の一刀が鍔元からぽッきと折れてしまう。直前の斬り合いのなかで、敵方の木刀によってつよく叩かれていたからだった。

そのことが、仇討が終った後になってから問題になった。というのは、藤堂家の武士、戸波又兵衛が、決闘の場面で刀を折ってしまったのは荒木又右衛門の落度であるといって非難したからだ。戸波又兵衛は真陰流の名手で、数々の実戦を経験した人物だった。それを伝えきいた又右衛門はみずから足を運んで又兵衛を訪ね、そのいうところをきいて門人になっている。このとき荒木又右衛門が書いた入門のための起請文が、今日まで残されているのだという。

長谷川伸は、この長篇小説の最後をしめくくるにあたって、とくに右のエピソードにふれて、つぎのようにいっているのである。

又右衛門は、剣よりもはるかに人物が完成されていたと信じていい。この逸話はその証拠のひとつである。……

河合の残党七人は、又右衛門の帰参の前、七月十三日、藤堂家が旅費を給して放った。敗者のことは判《わか》らぬが常、憐むべし、ここでも、その例に漏れない。

（『長谷川伸全集』第四巻、三三六―三三七頁）

小説『荒木又右衛門』は仇討小説の傑作だっただけではない。それは作者にとっても忘れがたい会心の作だったにちがいない。その魅力と特徴についてはこのあとも考えていくことになるが、しかしこの小説を読んだだけでは、長谷川伸が仇討小説になぜそれほど執心し、資料の収集をはじめとして研究の手をゆるめなかったのかということは、かならずしも明らかにならない。

そのような観点からみると、比較的初期のころに書かれた仇討小説のなかに、作者の執念のようなもの、止むに止まれぬ意志のようなものを感じさせる作品があることに気づく。

それが『敵討冗《むだ》の三年』という短篇である。その敵討は「冗の三年」だったといっているところに注目しよう。大正十四年に『新小説』八月号に発表された。

主人公は、摂州三田《さんだ》の三万七千石九鬼長門守に仕える相野愛太郎《あいのあいたろう》。二十三歳のとき父の相野光右衛門が、浪人くずれの博労《ばくろう》与吉と女のことで争いになり、斬り殺された。愛太郎はただちに藩に申し出て「仇討赦免状」をもらい、仇討の旅に出立する。

それから十六年の歳月が流れる。

城下にいさぎよく別れを告げた仇討の旅立ちだったのだが、そのときの名誉と誇りの気分は五年とつづかなかった。六年目になってあせりが生じ、異常な熱心さで父の敵を捜しまわった。やがて「わしは馬鹿だった、せずともよいことを叔父の甲山九太夫にせがみ、得意になって故郷を踏出したが、もう六、七年という月日を、空《くう》に消してしまった」と胸を嚙む。九年目、敵捜しに歩いているうちに、相野家の山林田地をほとんど食ってしまっていたことに気づく。その間にえた親類縁者の合力《ごうりき》がどれほどのものだったのか、思い返して愕然とする。そして十六年が過ぎた。

十六年の月日は若者を、小鬢《こびん》に白髪がのぞく中老にしてしまった、艶《あで》やかな血色を衰えそめた皮膚にしてしまった、元気な目に曇《くもり》がかかってきた、二十三歳の昔を喞《かこ》つ愛太郎は、肉落ち骨瘠せた自分を浅猿《あさま》しいと嘆いた。

(『長谷川伸全集』第十三巻、九一頁)

その十六年目のお盆の季節、かれは越前三国港《みくにみなと》に立ち寄っていたが、たまたまその地の盆踊りの輪に入って仇敵与吉の「美音」を耳にする。逆上した愛太郎は近寄って声の主を斬り殺し、「これは仇討ちなり」と大音声をあげる。

が、国元から、その与吉がじつは生きのびていて、今は武州の程ヶ谷宿にいるとの報せが入る。こんどは愛太郎の身をやつす逃亡の生活がはじまった。故郷を出てからすでに十八年、やがて近づく五十の坂を越えた老衰をつくづく感じていた。三国で殺した何人《なんぴと》とも知れぬ男の命を償うことのできない責苦から、年よりは早く衰えが愛太郎にきていた。

零落の生活がはじまり、ついに街道筋で雲助のなりわいに身を落とす。名も有馬と変え、東海道の平塚宿で働いているとき、同じ人足稼業の作助と出会う。仇討の旅の空で辛苦を重ねた愚痴話を交すうちに、三国で誤って殺した男の弟が、じつはその作助であることが露見する。

立場が逆転したのである。こんどは作助が死にもの狂いになって愛太郎を追い廻し、二人は刃物を砂浜に放り出したまま、組んずほぐれつの殴り合いをつづける……。

はじめは雲助の喧嘩と軽くみられていたが、取り調べがすすむにつれ、事態の全貌が役人の目に明らかになる。父の復讐のため十八年の人生を空費した愛太郎と、その犠牲となった作助の哀れな悲運……、作者は事件の推移をそのように叙《の》べてから、役人につぎのようにいわせて、この短篇に結末をつけている。

「作助の志は奇特には存ずるが敵討の趣意は立ちかねる。何故と申せ、そちの兄で越前三国にて愛太郎に討たれたるは、愛太郎にとっては父光右衛門の敵与吉事芹生《せりう》権吉《ごんきち》であるぞ、又《また》敵《がたき》はご法度《はっと》じゃでのう」

(『長谷川伸全集』第十三巻、一〇一頁)

みられる通り長谷川伸は、ここで「又敵」が当時きびしく「ご法度」とされていたことに注意を喚起している。それを放置すれば、怨念と復讐の無限連鎖の悲劇がはじまる。取り締まる側からすれば、悪への衝動が野放しになることへのそれは不安であり、恐怖であったであろう。それにしても、相野愛太郎の十八年に及ぶ仇討の旅はいったい何だったのか。三国の盆踊りにおける一件以来でも足かけ三カ年が経っている。それはただただ「冗」の歳月だったのではないか、と作者はいっているのである。タイトルの「敵討冗の三年」も、そこからきている。

最後に、もう一つつけ加えておかなければならないことがある。まだ二十三歳の血気にはやる愛太郎が、永の仇討の旅に出立するときのことだ。かれは藩の当局にその主旨の願い状を提出し、「仇討赦免状」なるものを下付されていた。仇討を公的に認可する証明書のようなものだが、しかしそれはあくまでも一度かぎりのもの、すなわち「又敵」は許さないという条件がそこにはつけられていたのである。

「仇討赦免状」と「又敵」禁止の問題は、復讐心と怨念の無限連鎖をいかにして抑止したらよいのか、政治というものが道徳を手なずけて飼い慣らすための苦肉の策だったということがわかるだろう。

仇討の法則

長谷川伸には、小説『荒木又右衛門』を書きつづけているとき、最初から最後まで念頭を去らない問題があったと思う。いつのまにか、そのことにこだわりつづけなければならないと考えるようになったのではないだろうか。伊賀越えの仇討《あだうち》の物語を構想し展開させていくとき、その筋立ての根底にいつも据えておかなければならない大きな謎のような問題だった。それを抜きにしては、この天下に名高い仇討がそもそも仇討の態をなさなくなってしまうような、そうした「仇討の法則」、についてである。

その法則とは、何を意味したのか。

仇討というのは、そもそも尊属が卑属のためにしてはいけないものだ。卑属が尊属のためにのみするものである。したがって主、父、兄のためにする仇討は認められるが、子のためとか、弟のためとかいう卑属のための復讐は認められない。それはかたく禁じられている、というものだった。

伊賀越えの仇討では、兄の渡部数馬《わたなべかずま》が闇討ちにあった弟・源太夫《げんだゆう》のために河合又五郎を討ちとるというわけであるから、右の法則によってご法度とされることになる。だから弟のために立ち上った数馬の復讐は、はじめからこの「仇討の法則」に抵触するものだった。

この禁制のジレンマを、どうのり越えたらよいのか。そこに数馬の側から持ちだされたのが上意討による仇討、という論理であった。殺された弟・源太夫は岡山藩主・池田宮内少輔忠雄《くないしょうゆうただかつ》に仕える寵童だった。その藩主の命令、すなわち上意をえてはじめて兄・数馬による仇討が正式にみとめられる、というものである。禁じられた卑属のための復讐行為が、そのことで正当化されたのだ。やがて藩主・池田忠雄は世を去り、この仇討は亡君の上意によるものとされた。

しかしむろん、血を分けた親族を理不尽に殺された親兄弟の身になれば、その心情は単純なものではない。敵にたいする数馬の怒りと憎しみは、ただただ問答無用の復讐の一念に凝りかたまっていたはずだ。仇討か上意討かの別をこえる激情のなかでもだえていたであろう。おそらく作者の目のつけどころも、復讐にのめりこんでいく、そうした人間の緊張と葛藤の世界にこそあったのではないだろうか。尋常の姿の仇討と正当化された上意討のあいだにはさまれた感情の揺れ、そこに生ずる道徳的緊張の行方に、ひそかな関心が注がれていたのだと思う。

その作者の意図を体現し、その言動の節々ににじませるようにして登場してくる主人公が荒木又右衛門にほかならない。又右衛門もまた復讐心に燃える数馬の仇討を、いかにして上意討の形へとみちびき、昇華させていくかに心を砕く。かれの言動がしだいに重厚さを帯び、切迫の気をはらむようになるのもそのためである。

しかしながら、それにしても当時、いったいどのような理由にもとづいてそのような「仇討の法則」なるものができ上ったのであろうか。尊属のための仇討（復讐）は許されても、卑属のための仇討（復讐）は認められない、という法則のことだ。

このことについて、これまでの歴史学や思想史の分野がどのような議論を提出してきたのか、私は寡聞にして知らない。ここでは、作者の長谷川伸自身がどのようなことをいっているのか、小説の本文中から抜きだしてうかがってみることにしよう。

作者は、まずこんなことをいっている。

事件の発生直後、数馬が舅の津田豊後によって意見されている場面である。豊後は岡山藩の重臣の一人だ。

黙って聞いているのが耐え難くなったので、数馬は、青ざめてきた顔を、豊後にひたと向け、

「義兄荒木又右衛門、申しますには」

「む、なんといった」

「当代、敵討の心得として、天下普遍の説は」

「天下普遍の説だとな」

「曰《いわ》く、敵討のこと、親の敵を子、兄の敵を弟討つべし、弟の敵を兄討つは逆なり、叔甥《しゅくせい》の敵討つこと無用たるべきこと」

(『長谷川伸全集』第四巻、九八頁)

作者はこのあとにつづけて、この敵討の鉄則は、そのときからさかのぼって三十余年前の慶長二年(一五九七)、豊臣時代に発布されたもので、その後改められたことがない、と解説している。以来、それが江戸時代を通じての本則になり、伊賀越えの仇討が発生した寛永年間は、ことにこの法則が堅く守られていたのであるといっている。

作者がこの「仇討の法則」について、どのような典拠にもとづいているのか、もうひとつわからない。よほどの確信にもとづいていっているのか、作者の推測を交えての話であるのかも、かならずしも判然としない。

さしあたりそのままにしておくほかはないのであるが、それではもう一方の「上意討」の問題について、長谷川伸はどのようなことを考えていたのだろうか。小説であるのだからそこまでの詮索はしなくてもよいようなものだが、ただこの作品のようやく末尾近くになって、上意討にふれる話がそれこそ不意打ちのような形ででてくる。そのことも、参考のため紹介しておこう。

敵の河合又五郎をかくまった有力旗本の一人、阿部四郎五郎の言葉のなかにそのことが語られている。地方大名の岡山藩を相手に真っ向から喧嘩をいどんだ旗本陣営の論客である。

阿部は一座を見廻し、

「敵討はいうまでもない、父ノ讐《あだ》ハ与《とも》ニ天ヲ戴《いただ》カズ、兄弟ノ讐ハ兵ヲ反サズ、交遊ノ讐ハ国ヲ同ジクセズ、が本文だ。この本文は〝春秋〟の礼記にある。我朝では千年の昔から当代まで、これを本文としてあること、たれしも知らぬ者はない。さらば、渡部数馬が又五郎を討ったるを、敵討というか、そうは言わせぬ。渡部のこのたびの挙は、弟源太夫の死に対し、又五郎に殺《さつ》をもって報じたものと言われぬではないか。その儀いかんとなれば、数百年来、我朝の掟《おきて》として、父兄の仇は子弟討つべし、子弟の仇を父兄仇つべからずとなっている。渡部数馬は兄、源太夫は弟、我朝のどこに今まで、弟の仇を兄が討ったる例があるか、ない、ない、どこにもない、されば渡部がしたことは敵討ではない、では、なんだ、これは上意討だ」

（『長谷川伸全集』第四巻、三一七―三一八頁）

ここでも阿部は、数馬の仇討は数百年来の「我朝の掟」に反するといい、したがって「上意討」にほかならぬと主張している。ところが、そのように説きながら、反転して、本当のことをいえば、その上意討の正当性すらが数馬の場合にはあてはまらないのだ、とこのあとさらに論をすすめていく。なぜなら上意討というのは、そもそも敵なるものをその当座に召し捕るか討ち取るかすべきもので、年月が過ぎてしまえばその正当性を失なうからだ。このことは旗本といわず大名といわず、家々の留書《とめがき》を漁ってみれば判然とするはずだ、と、作者は阿部に弁じさせているのである。

結局、数馬、荒木らによる仇討は、ふつうの仇討でもなければ上意討でもない、といっていることになるだろう。作者がこのような議論を、旗本側の立ち場からもちだしているのは、この伊賀越えの仇討をめぐって、その背景に幕府・旗本側と池田・大名家とのあいだに火を噴く喧嘩、抗争のあとを、ことさら浮かび上らせるためだったのではないだろうか。

その間の顛末を略述しておこう。

寛永七年（一六三〇）七月、岡山藩士、河合又五郎は同じ藩の渡部数馬の弟源太夫を殺して逐電し、江戸の旗本、安藤治右衛門にかくまわれた。藩主の池田忠雄は又五郎の父、半左衛門を捕えさせ、それをかたに久世、阿部の両旗本に又五郎の引き渡しを申し入れた。ところが旗本側は又五郎の父を引き取ったあと、又五郎を引き渡さず、約束を反故にした。激怒した忠雄は外様大名としての立場から、幕府の老中に上裁を訴えたが、これが通らなかった。ついに同九年四月、藩の面目にかけても本望を果せと遺言してこの世を去る。このような岡山藩の強硬な態度をみた幕府は、忠雄の岳父である旧徳島藩主蜂須賀蓬庵の力をかりることにした。蓬庵は又五郎の父を預かってこれを殺し、幕府は幕府で旗本に又五郎をかくまってはならぬと厳命、久世らに蟄居を命じた。喧嘩両成敗である。旗本の庇護を離れた又五郎の漂泊の旅がはじまり、奈良の叔父の元郡山藩士、河合甚左衛門のもとに身を潜める。たまたまその甚左衛門と又五郎が江戸へ旅立つのを探知した数馬は、姉婿で元郡山藩士として甚左衛門と同僚でもあった荒木又右衛門ら四人と、伊賀上野で待ちうけ、長時間にわたる血闘のすえに本望をとげる……。

みられる通りこの仇討には、幕府権力と外様大名の正義感の対立、正当性を主張する立場の衝突という重大要因がはらまれていた。しかもこの間、忠雄の没後、池田は岡山から鳥取へ国替えを命じられている。そうした点でも、この伊賀越えの仇討は、岡山藩の命運をかけたたたかいであったことがわかる。

正当の仇討か、それとも上意討か。その議論の背後からすけてみえてくる権力抗争の配置図である。旗本と地方大名をめぐる喧嘩と相互報復の顚末、である。そしてこのようにみてくるとき、又五郎をかくまった旗本陣営の阿部四郎五郎の言葉があらためて蘇る。渡部・荒木らによる仇討は、正当の仇討でもなければ上意討でもない、という強弁が浮かび上る。その強弁のなかで作者は、阿部の口を通して「〃春秋〃の礼記」の文章を語らせているのである。すなわち、

父ノ讐ハ与ニ天ヲ戴カズ
兄弟ノ讐ハ兵ヲ反サズ
交遊ノ讐ハ国ヲ同ジクセズ

である。

いったいどうして、作者はこの場面で「礼記」の文章をもちだしたのだろうか。その意図がもうひとつよくわからない。仇討にかんする「我朝普遍の法則」とそれがどのようにかかわるのか、それと「上意討」の論理とその文章がどうつながっているのか、それがわからないからだ。

そもそもこの「礼記」の文章は、阿部の言い分を何ひとつ支える言辞になってはいないことにすぐ気づく。それは例の仇討にかんする「普遍の法則」とも「上意討」とも意味の上でつながるところがないからだ。

この文章はたんに、

父の仇は、これと共に天を戴かない。
（父や）兄弟の仇を討つには、武器を取りに引き返すことをせぬ。
朋友の仇は、これと同じ国には住まない。

といっているだけだからである（竹内照夫著『礼記』上、新釈漢文大系27、一九七一年、明治書院、四六―四七頁）。

みられる通り、ここには仇討における尊属、卑属の問題は論じられてはいない。ましていわんや上意討にふれるところも見出せない。その意味において、さきの旗本、阿部の議論ははじめから議論として成り立ってはいないのである。

作者、長谷川伸は、なぜそのような場面で「礼記」の一文をもちだしてきたのだろうか。それが、あまりにも唐突にみえる。作者は小説『荒木又右衛門』を書きすすめていく場合、ときにこの仇討にかんする後世の資料の紹介につとめることがある。いってみれば、この「仇討」にかんする後の世のさまざまさな「説」や「憶説」を注記の形で挿入し読者の注意を喚起している。諸史、資料を博捜し、それらを取捨選択した上で、この物語を構築したのだ、ということを告白している。しかしそれが、この「礼記」引用の場面ではそうなってはいない。阿部の議論の根拠が示されてはいないのである。

それでは、この阿部の口から出た「〝春秋〟の礼記」とは、どういうことだったのか。
「春秋」とは、孔子が魯国の記録を整理し、添削、加除を付してつくった史書をいう。この時代は諸侯並び立ち、覇権を争って戦争が絶えず、弱肉強食の惨状を呈した。世に語られる春秋時代とは、そのことをいう。臣にして君を弑《しい》する者が出現し、子にして父を弑する者があらわれた。その時代状況を怖れて、孔子が「春秋」を作ったのだとされてきた。以来、「復讐」の是非、親を親とする道、近親者を重視すべき礼、などが重要な論題とされるようになっていく。「礼記」とは、そうした「儀礼《ぎらい》」にかんする諸伝承記録を集大成した百科全書のごときもの。その中には「春秋」をはじめとする古書の言説、伝承が書きとめられていた。「〝春秋〟の礼記」とは、そのことをいったものであろう。

「礼記」がはじめてわが国に伝えられたのは、継体天皇の世（六世紀前半）というから古い。百済の五経博士、段楊爾《だんようじ》が来朝した時代である。平安時代には注釈書をもとによく読まれるようになったが、そののち朱子学の普及につれてようやく重んじられるようになった。しかし「礼」の研究は、この国では他の経学にくらべればさほど盛んにはならなかった。礼の研究はそもそも実践に関係が深いものであるのに、日本でのそれは主として文献の上の事だけですまされ、興味ある課題とはならなかったようだ（前掲『礼記』上、九頁）。

そのような「礼記」受容の背景を考えるとき明らかになるのだが、長谷川伸の「仇討小説」に、儒教的なモラルという論題への関心がきわめて稀薄であることにあらためて気づく。武士道の根幹をなすとされる儒学への傾倒なども、ほとんどみられないことがわかる。

前節、『敵討冗《むだ》の三年』という短篇をとりあげて指摘しておいたように、長谷川伸の「仇討」

にたいするまなざしの中に中国儒教に発する道徳的緊張感のようなものを見出すことはほとんどといっていいほどないからである。そのような特徴は、晩年になってから心血を注ぐようになる『日本敵討ち異相』の連作においてますます濃厚の度を加えていくことについては、前節にものべておいたことだ。

とすれば、さきの、

父ノ讐ハ与ニ天ヲ戴カズ、兄弟ノ讐ハ兵ヲ反サズ、交遊ノ讐ハ国ヲ同ジクセズ

の一文は、ほとんど吐息のようにもらされた過失のごとき文言だったということになるであろう。長谷川伸の関心ははじめからそのようなところにおかれてはいなかった。いや、それだけではない。尊属、卑属にかんする「普遍の法則」も、そしてまた「上意討」についての復讐の論理も、作者がみずからいっているほど本質的な課題ではなかったのではないか、どうもそのような気がしてならないのである。

第六章　ごろつき

折口信夫の視線

いささか「仇討《あだうち》の法則」といった事柄にこだわりすぎたかもしれない。仇討は尊属のためにするものであって、卑属のためにやるものではない、という法則のことだ。

小説『荒木又右衛門《またえもん》』の全篇を覆う主題の一つである。けれども作者の長谷川伸には、もう一つ、やみがたい主題がその胸の内に住みついていたのではないかということにもふれてきた。くどいようではあるが、そこにもう一度立ち返って考えてみることにしたい。

さきにものべたが、岡山藩士、河合又五郎が同じ藩の渡部数馬《わたなべかずま》の弟、源太夫《げんだゆう》を殺して逐電したのが、寛永七年（一六三〇）七月だった。その数馬が義兄、荒木又右衛門の助太刀をえて、伊賀上野で敵《かたき》の河合又五郎とその一行を討ち取ったのが寛永十一年（一六三四）十一月である。

　この寛永の時代について、長谷川伸は小説のなかでつぎのようなことをいっている。

寛永八年は、大坂夏の陣からまだ十六年しか経っていない。だから、戦闘を生涯の仕事としたものの余風が万事におよんでいた。その余風とは、誇るべきは勇、恥ずべきは怯《きょう》と確信することだった。それを武士道と称し、その言動をめぐる吟味がやかましかった。だから、又五郎のために、和吉、春蔵のごとき無類の忠義を励むものも出れば、志田源左衛門のごとき、おのれを空しくして刺客となるものも出る。池田宮内少輔忠雄《くないしょうゆうただかつ》にもそれと同じ性根があったし、その向う面に立つ、安藤治右衛門その他の旗本にも、同じ流れの性根がすわっていた。そしてこのようにいう。

　……死ぬるは帰ると同じなりの気風があり、命を擲《なげう》つは古草履のごとく、喧嘩口論、刃傷争闘、そんなものは珍らしくない時代であるから、壮快の一面に残忍の一面が伴ってくること、免れなかった。

　むかし、木曾義仲が都落ちに、恋人の姫との別れを惜しみ、なかなかに館から出てこぬので、催促のために家来が腹切って死んだ話がある、一向、そのころとして珍らしからぬことである。が、それから四百余年後の寛永年間になっても武門のものの心はさらに変りがない。

が、武士は「死場にて死し、死ぬまじきには死なず」が本意であるが、弊風の生ずること免れ難く、死場をあながちに探し、死ぬまじきをあながちに求むる者もすくなくない。

（『長谷川伸全集』第四巻、一〇九―一一〇頁）

「無類の忠義」、「おのれを空しくして刺客となる」に注目してほしい。命を擲つこと古草履のごとくであった、といい、壮快の一面に残忍の一面がともなっていたともいう。そのような「弊風」の横行は、もちろんこれまでのべてきたような、「仇討の法則」などとは縁もゆかりもないものだ。作者の言葉遣いを借りていいえば、気分としてはむしろ『敵討冗《むだ》の三年』の「冗」に通じ、『日本敵討ち異相』の「異相」に符節を合わせている。さきに、作者におけるもう一つの主題、といったのもこれに関連する。

さらにいえば、ここで長谷川伸は木曾義仲都落ちの話をもちだしているのであるが、その一文を目にしたとき私が卒然と思いおこしたのが、折口信夫のことだった。かれの「ごろつきの話」という文章のなかに、こんな話がでてくるのである。

一例を挙げるなら、北条早雲が三浦荒次郎を攻めたとき、三浦の城が落ちると聞くや、早雲の家来十幾人は、三浦方の方を向いて、割腹した。此は嘗て、三浦方に捕はれたとき、彼方で好遇を受けた其恩に感じたのだと言ふ。今日、それだけの雅量あるものが、果してあらうか。

後世の俠客・ごろつきの中には、多少それに似た道徳感が流れてゐた。睨まれゝば、睨み返すのが、彼等の生活であつた。即、気分本位で、意気に感ずれば、容易に、味方にもなつたが、また直に、敵ともなつた。

(『折口信夫全集』第三巻、一九九五年、中央公論社、四八頁)


長谷川伸のいう木曾義仲の話が、折口信夫がもちだす北条早雲のエピソードとそのまま響き合っている。その間に、三百年以上の時間が経っているということが嘘のようだ。「ごろつき」の風習と気質がそれだけ執拗にのこりつづけていたであろうことをそれは推測させるのである。折口信夫の目のつけどころと、長谷川伸の着眼はどうやら同じ方向をむいていたようだ。そこが面白い。その両者がどこか肝胆相照らしている背後に、いったい何があったのだろうか。

さてその折口の議論であるが、さきの「ごろつきの話」に登場するテーマを書き並べると、ざっとつぎのようになる。①ごろつきの意味、②巡遊団体の混同、③野伏し・山伏し気質、④治外法権下の悪業、⑤祝言職としての一面、⑥にせ山伏しとの結合、⑦すり・すっぱ・らっぱ、⑧村落制度から生れた親分・子分、⑨人入れ稼業の創始、⑩かぶきとかぶき踊りと、⑪幇間の前駆、⑫異風・乱暴の興味、⑬歩く芸、⑭幸若の影響、⑮遊女を太夫と言うた訣、⑯八文字と女六法、⑰美的な乱暴、⑱「士道」と「武士道」と、⑲気分本位の生活……。

みられる通り、ここで折口は「ごろつき」的行動にあらわれる特徴をためつすがめつして論じているが、その異風と乱暴には「性欲」を刺激し喚起するものがあったとくり返しいっている。またそのような「ごろつき」たちの心意を隈どる「道徳感」には、今日のわれわれの道徳意識では測ることのできない特性がみられるのだといって、さきに挙げた北条早雲時代の話をもちだしたのだった。

折口によれば、世にいう武士道は、歴史的に眺めれば二つに分けねばならぬといっている。すなわち山鹿素行以後のものは「士道」であって、これにたいしそれ以前のものは「野ぶし」や「山ぶし」に系統をもつ「ごろつき」の道徳であるというわけである。そしておそらくこの「ごろつきの道徳」というイメージのなかに、折口信夫のいうもう一つの民俗芸能論、民俗伝承論を解く鍵が隠されているにちがいない。ついでにいえば、この「ごろつきの道徳」には、これからのべるように当然のこととして「ごろつきの悪」「ごろつきの悪徳」の問題が同時に含まれている。

この折口信夫が「民俗学」という学問をどのように考えていたのか、ここでその一端をうかがってみることにする。それというのも私はかねてから、長谷川伸の小説世界には折口のいう民俗的な土壌から生れた感覚が色濃くしみこんでいると思っていたからだ。そして第二に、かれのいう「ごろつき」の論が、そのなかでどのように位置づけられていたのかをみるためである。

そのことを明らかにするうえで重要だと思われるのが、昭和十一年から十四年にかけておこなわれた講義だ。それは国学院大学の郷土研究会の席上で話されたもので、『折口信夫全集ノート編』（中央公論社）の第七巻に収められている。

この講義のなかで、折口は民俗学を「心意伝承」「周期伝承」「造形伝承」の三つの分野に区分している。ここでいう「周期伝承」とはたとえば年中行事を指し、「造形伝承」はかまど・門・刀など造形された民俗構築物や民具をいう。そしてその三分野のうちで彼がもっとも重視したのが、つぎの「心意伝承」であった。なぜなら周期伝承や造形伝承は変化し、衰滅する性格をもっているのにたいし、心意伝承は人びとの心のなかに残存し、社会や制度の内部に目に見えない影響の爪あとをのこしているものだからである。

その折口の「心意伝承」論を読むとき、そこにあまりにも予想外の論題がひしめくように並び立っていることに驚かされる。そのテーマ群とは、ざっとつぎのようなものだ。

姦通、女敵討《めがたき》ち、盗み、憎しみ、嫉妬、憤りと道徳、任侠、挨拶、礼儀、仁義、義理、喧嘩口論、色好み、等々……

心の内部に発生するであろうテーマを、手当りしだい眼前に投げだしているではないか。もちろん彼はそれらを一時の衝動にかられて繰りだしたのではなかったはずである。なぜならわれわれは、右にあげた論題のそれぞれを折口の『全集』に収められている論文のテーマのなかに見出すことができるからである。とりわけ「仇討ち」や「色好み」にかんする議論が、いわゆる折口学もしくは折口民俗学のなかで、逸すべからざる刺激的なテーマを構成していることに気づく。

そしていま挙げた折口の心意伝承の各テーマを子細に点検すると、そこから二系列の問題群が立ちあらわれてくるのがわかるだろう。第一の系列は姦通、仇討ち、盗み、嫉妬、喧嘩などにみられるテーマだ。いずれも人間の心の深層にからみついているものである。心の暗黒面への関心といってもいい。いわばデモーニッシュな衝動への着眼である。

私はこれらのテーマをつらぬくものが、折口における「フロイト」的関心だったのではないかと考える。折口信夫もまた時代の子、その青春時代に、ヨーロッパからもたらされたフロイトの毒をその全身にたっぷり浴びたことがあったのではないだろうか。

それにたいして第二の系列が、道徳、任侠、挨拶、礼儀、仁義、義理などにみられるテーマである。民俗社会を支える制度とか秩序にかかわるテーマ群である。共同体の人事や行事をつかさどる心的装置といってよい。心的な情動の背後にアナーキーな世界を想定し、それを抑制しコントロールする社会規範といったことが考えられているのであって、これを私は折口学における「デュルケム」的関心と呼ぶことにしている。

折口信夫がはたしてデュルケムを読んでいたのかどうか、――それは彼がはたしてさきのフロイトを読んでいたのかどうかという疑問と並んで、かならずしもはっきりしない。けれどもその事実関係がどうであれ、折口信夫の問題意識からは、右の「フロイト」的関心にもとづくテーマ群と「デュルケム」的関心にもとづくテーマ群をはっきり析出することができる。

　そしてそのことが、じつをいえば長谷川伸の作品世界を理解しようとする場合にも、そっくりそのままあてはまるのではないかと私は思っているのである。

　前にもふれたことだが、長谷川伸が死の直前まで書きつづけていたのが小説『日本敵討ち異相』だった。この作品は昭和三十六年十二月から同三十七年十二月まで『中央公論』に連載されたが、その翌年の昭和三十八年（一九六三）になって、彼は心臓発作のため死去している。村上元三も、この作品は「長谷川伸の作家としての最後の燃焼」だったといっている（『長谷川伸全集』第五巻、解説、四七一頁）。

　この小説は全部で十三話から成っているが、その最終回に面白い敵討ちの話が出てくる。第十三話「九州と東京の首」というのがそれである。敵討ちの「異相」の連作をそれで打ち止めにしようとしていたのか、あるいは偶然そうなったのか、それはわからない。

　事件は、慶応四年（一八六八）、五月二十三日、筑前の地、秋月《あきづき》五万石、黒田甲斐守の城下でおこる。お家騒動のもつれで、佐藤一斎の門から出た陽明学者の中島衡平とその門弟、臼井亘《わた》理《り》が暗殺された。それぞれ集団で襲っているが、物語は臼井亘理の家族をめぐって展開していく。

　襲った者が、跳ね起きた亘理の頸に二の太刀を入れ、首を前に落とす。目をさました亘理の妻が下手人に飛びかかり、左手の指二本に噛みついた。それを仲間の一人が後ろから滅多斬りにして殺した。そばに四歳の女の子が、頭も顔も手も血に塗れ、いまにも絶え入るような声で泣いていた。亘理には息子の六郎がいたが、離れの部屋で寝ていて惨劇の場にはいなかった。

時が経つ。

明治の世になって藩が廃され、秋月藩は福岡県に編入された。その明治七年(一八七四)の春、十二歳になった六郎は、ふとしたことから両親惨殺のことをきかされる。その下手人の一人が東京に出て、司法卿の判事に出世していた。

復讐の決意を固める六郎。それを察した叔父がさとす。すでに明治六年に復讐を禁ずる布令が政府から出ている。国禁を破るような軽挙妄動はつつしめと。

だが、明治九年、十四歳になった六郎は上京、敵討ちの旅がはじまる。時代は江藤新平の佐賀の乱(明治七)、熊本における神風連《しんぷう》の兵乱(明治九)がおこって騒然としていた。

ねらうは司法卿の判事になっている一ノ瀬直久。その足跡を追って執拗な探索をつづけ、ついに明治十三年、十八歳になった六郎はめざす相手が東京の上等裁判所に栄転していることをつきとめる。その間、飯を食うため裁判所の雇いをしたり、石油ランプの軒燈夫をしてしのいできたが、その日は、亡父が残した短刀と復讐趣意書を懐中にして下宿を出た。

つきとめたさきが旧藩主黒田邸で、そこは旧藩士の囲碁の集りが毎日のようにあった。「父母の敵、覚悟せい」と叫び、左に襟をつかみ、右の短刀で咽喉を目がけて突き、最後は「姦賊思い知れ」と叫んで止殺を刺した。そのままの姿で人力車にのって自首し、警視庁第三局に送られている。

明治十四年九月、終身禁獄の宣告。罪は謀殺、士族であるので、死刑から一等を減じられた。翌、明治十五年五月十八日、一ノ瀬直久の父、直温が自殺した。縊死である。

六郎ははじめ石川島の懲役場で服役し、あとは小菅集治監で服役し、明治二十三年出獄した。禁獄九カ年の実刑であった。

臼井六郎出獄すと新聞が書くと、発狂したものがいた。六郎の母を無残に斬り殺したもう一人の下手人、往年の萩原伝之進である。「萩原は怖《おの》れ戦《のの》いて死んでいった」と書いて、作者はこの小篇を結んでいるのである。

長谷川伸が、折口信夫と意外に近いところで生きていたということがここからもわかるであろう。

戦前か、あるいは戦後の話であったか、あるとき長谷川伸が国電にのっていると、見知らぬ紳士が立ってきて、ていねいに声をかけた。「わたくしは折口信夫でございます」と名乗り、深々と頭を下げた。日ごろ、その仕事に心からの敬意を払っている旨を告げて、立ち去ったのだという。その仕事とは、このあととりあげることになるが、当時長谷川伸が心をこめて書きつづけていた『日本捕虜志』のことであった（長谷川伸『日本捕虜志』(下)、中公文庫、村上元三の解説、二一五九頁）。

第七章　神ではなく人間を信じた

遠景のなかの仏教

長谷川伸の書いたものに『刺青奇偶《いれずみちょうはん》』という二幕七場の芝居がある。昭和七年（一九三二）の作だが、この年の六月、六代目菊五郎が歌舞伎座で主人公の半太郎役で初演している。半太郎はばくち打ちの旅にんｰ。武州狭山で、義理と恩とで悪い奴を三人斬り、そのまま姿をくらましていた。

たまたま下総行徳の船着場で、身投げをしたお仲を水に飛びこんで助けあげる。みると、これまた渡り歩きの茶屋女。お仲は気っ風のいい、純な気持の半太郎に一目惚れし、無理矢理あとにくっついていき、かれのあばら家までやってくる。だが凶状持ちの半太郎には訴人があって、追手が迫っている。それを知らせようと江戸から来た母親のお作も、息子のあばら家へと忍び寄る。

留守かえ。半太郎や――――、半太郎。そこらにいるのなら早く逃げのびておくれ。家へけさお上のお方が見えてね。

（『長谷川伸全集』第十六巻、一一一―一一二頁）

大詰で、江戸に変わった舞台の袖を一人の雲水《うんすい》（諸国を修行して歩く僧）が雨のなかを飄々と通っていく。半太郎とお仲が肩を寄せ合って登場。けれどもお仲はすでに不治の病におかされ、あばら家で医者に看てもらっている。間近に迫った死を覚悟しているが、半太郎のばくち狂いが気がかりで、突然のように、半太郎の右腕に骰子《さいころ》の刺青を彫りたいといいだす。自分が死んだあと、丁半《ちょうはん》渡世をやめてくれという思い入れだ。タイトルの「刺青奇偶」というのが、そこからきている。そのとき、窓の外で、行乞僧《ぎょうこつそう》の読経の声がする。

場面が転換して、品川あたりの寺がみえ、その横裏に六地蔵が立っている。そばに桜の大樹がそびえ、木の下に半太郎の父、喜兵衛と母のお作がやすんでいる。ちょうど廻国巡礼を終えたあとだ。その廻国巡礼は息子の半太郎探しの旅でもあった。だがそれも、もうあきらめている。

喜兵衛とお作が地蔵を拝んで去ったあと、賭場荒しをして追われた半太郎があられもない姿であらわれる。博徒たちのメッタ打ちにあい、髪が乱れ衣類が破れ、腕に彫られた刺青がみえている。

私刑《しおき》で痛めつけられているところへ、親分の政五郎があらわれ、そんなに銭が欲しいのかという。女房のお仲の薬代、そのお仲の諫言で彫った刺青、……話を黙ってきいていた親分が最後になっていう。

——そのお前さんの命を賭けて丁半をやらないか。お前さんが負ければ、オレの子分になる。オレが負けたら、銭をやろう、どうだ。

うなずく半太郎をみて、政五郎は子分に、そこのお地蔵さんから茶碗をお借り申せという。子分の壁吉が六地蔵の前に供えられていた茶碗をとりあげ水をあけると、それがそのままサイコロをふる壺に早変りする。半太郎は刺青の腕を軽く叩いて瞑目し、頭のなかのお仲にむかって、これっ切りだといい、茶碗を伏せる。

勝負が終ってみると、「半」と叫んだ半太郎が勝っていた。政五郎が懐中からずっしり重い財布を出し、その結末をみこしていたような思い入れで半太郎に渡す。打ちすえられたからだの苦痛をこらえ、よろめく足どりで半太郎が去っていくと、そこへさきの喜兵衛夫婦があらわれる。去っていく旅にんが半太郎だとは心づかずに、そのまま黙って見送っている。

幕切れの場面である。みての通り、物語はヤクザの人情ばなしだ。男と女の、そしてもうひとつが親分と若い渡世人の、今では廃れてしまった、しかし昔はどこにでもあったような人情ばなしである。

話の筋もいたって単純で、こんぐらかるような糸のもつれもない。しかし作者はこの単純な話の流れに、目立たないアクセントのような仕掛けを施している。目を凝らさなければ見すごしてしまうような仕掛けだ。

そのひとつが、一人の雲水が、雨のなかを飄々と通っていく場面だ。雲水はむろんひと言も喋らない。作者はト書きで、その風景の向こう側に、神社かお寺がみえるようにと指示している。その雲水が通っていったあとに、半太郎とお仲が一枚の蓆《むしろ》にくるまって肩を寄せ合うように登場するのである。

二つ目が、自分の余命をさとったお仲が半太郎の腕に骰子の刺青を彫る場面である。そのとき、かれらのあばら家の窓の外を、行乞僧の読経の声が過ぎていく。この読経僧はさきの雲水とは別人なのであろう。雲水は黙ったまま去っていくが、行乞僧は読経の声をのこして去っていく。

三つ目が、喜兵衛、お作の老夫婦が廻国巡礼の姿であらわれる場面だ。寺のわきに六地蔵が建てられ、桜の大樹がそびえている。この地蔵も、何ごとも語らない。

最後が、地蔵の前に供えられている茶碗である。それがやにわに、丁半賭博の壺に早変りする。ここでも、勝負のはじめから最後までを地蔵が黙って見下ろしている。

このようなさり気ない仕掛を、作者は芝居を構想するはじめから胸に抱いていたのであろう。それは舞台の効果をあげるための仕掛けだったのだろうか。おそらく、そうではあるまい。そこに出てくる雲水と、行乞僧の読経と、そして六地蔵は、けっしてたんなる舞台効果のための背景でもなければ、たんなる小道具的な装置でもなかったはずだ。

それはたしかに、舞台の前面で演じられている人情ばなしのはるかな遠景に、さり気なくそっとおかれている光景であり、霞んだような景色ではある。気がつかなければ、つい見のがしてしまいそうな遠景である。けれども、もしもこの遠景がなかったら、この芝居の語りの世界はすくなからず軽いものになってしまうのではないだろうか。そのような光景がそこにおかれていてはじめて、こころが通うような、物語の全体を暖かく包みこむような、そういう生き生きした息吹きが生まれてくる。

端的にいって、雲水や地蔵は人情ばなしの遠景につつましく身を退いている。だが遠景に退いていることで、物語の展開に人間の濃い影と人情の風が吹きこむような具合になっている。物語のなかでものをいうのは半太郎やお仲、そして政五郎などの人間たちであり、遠景にたたずんだり、そこを通りすぎていくものは一切語ることがない。近景の人物たちはせわしなく動き回り、はげしい言葉を投げ合うけれども、遠景から言葉が舞いこむことはない。ときに、ただ読経の声がきこえてくるだけである。

遠景のなかに遊泳しているような仏教、といってもよい。軽々しい言葉をもはや発することがなくなったような仏教、である。こうした仏教は長谷川伸の意識の前面にあらわれてでていたわけではない。それは背後でかすかに感じられるもの、自分が立っている地面の底の方からかかすかな震動のようにきこえてくるものだったにちがいない。

このような感覚は、おそらく長谷川伸だけのものではなかったろうと、私は思う。この時代の日本人の、ごく普通の感覚だったのではないか。それは同時に、いくぶんかは今日のわれわれの感覚でもあるだろう。

それにしても、わが国の仏教はいつごろからこのように遠景に退きはじめたのであろうか。それはいったいどうしてなのか。長谷川伸の芝居に描かれているような仏教の由来である。それが、よくわからない。が、思案がないわけでもない。見当をつけるぐらいのことしかいえないのだが、それはもしかすると謡曲の世界にまでさかのぼって考えることができるかもしれない。能の舞台では諸国一見の僧が登場してきて、いつでもワキの座に退いて、男と女たちの入り乱れた物語の展開をじっと見守っている。そのワキの僧は、積極的にものを語らない。ワキの領域を守る、遠景としての僧だ。

中世の能というのがいささか迂遠であるというなら、浄瑠璃や歌舞伎の近世まで時代を下げてもよい。たとえば近松の心中物では、血の雨を降らすような修羅場のかげから、静かにくぐもるような念仏の声がきこえてくる。鶴屋南北の芝居でもそうだ。そのような遠景をしだいに浮きあがらせていく仕掛や装置は、その後の黙阿弥《もくあみ》の生世話《きぜわ》の舞台でも同じような効果をあげている。

が、ここでは、長谷川伸の芝居の骨法が能、浄瑠璃、歌舞伎の系統を引くものだということをかならずしもいおうとしているのではない。そうではなくて、遠景のなかに描きだされる僧や読経や念仏の味わいというものが、日本の仏教の伝統のなかに確かなものとして存在し、民衆の意識に大きな影をおとしつづけてきたのではないか、ということを指摘してみたかったのである。

今日、仏教を再評価しようとする場合、しばしば知の体系としての仏教の可能性を探ろうとする動きがみられる。それはそれでよい。「はじめに言葉ありき」は、何も聖書の世界にかぎらないからだ。そしてその「はじめに言葉ありき」が、仏教の歴史にも光彩陸離たる輝きをそえてきたことも確かなことである。まさに、近景のなかの仏教の輝きであったといっていいだろう。

しかしながら本当のことをいえば、そのような近景のなかの仏教が輝きつづけることができたのも、さきにみてきた遠景のなかの仏教を人びとが胸の内にじっと抱きしめて生きてきたからなのではないだろうか。遠景のなかの仏教を忘れちゃいけませんぜ、と草葉の陰の長谷川伸がいっているようだ。

そしてその遠景のなかの仏教に寄りそうような形で浮かび上ってくるのが、義理人情にまつわる、身もだえするような物語であったことに気づくのである。

いま、義理人情にまつわる身もだえするような物語、といったけれども、このことについては前にもふれた佐藤忠男氏が「一宿一飯の義理」というエッセイのなかで、もう一つ重要なことをいっている。すなわち日本人は、神を信じなかったかわりに人間を信じてきたのだ、と。周知のように、日本人の思想は強力な神をもたなかったところに大きな特徴があるといわれてきた。特徴というより、そういう「欠点」があり、それだからダメなのだといわれてきた。しかしそういう自己卑下の見方は、事態を正確に見定めたうえでの冷静な判断とはいえないだろう。おそらくそのように考えてのことであったと思う。氏はそれにつづけて、つぎのようにいっている。

日本人は神を信じないかわりに人間を信じたのであり、人間の〝想い〟とか、〝怨み〟とかいったものを信じたのである。それが信仰としては祖霊信仰や生霊死霊のたたりの思想となり、日常のモラルとしては、人の期待を裏切ってはならぬ、という、義理人情の思想となったのだと思う。

（佐藤忠男「一宿一飯の義理」、『長谷川伸全集』付録月報No.16）

これはまことに重要な指摘であるといわなければならない。私は右の一文にふれたとき、それこそ目からウロコが落ちるような気分を味わった。日本人の祖霊信仰や怨霊信仰が、カミにたいする信仰から発するのではなく、ヒトにたいする信頼感情に由来するのだというのは、たしかに見のがしがたい鋭い洞察である。しかもそのような人間を信ずる生き方が、一方では日本人の祖霊信仰という宗教の世界と、他方で人の期待を裏切ってはならぬとする道徳の世界を生みだしたというのである。その道徳の基本に義理人情の思想があるのだ、と結論しているわけである。

かつて若き日の新渡戸稲造はベルギーに滞在していたとき、その地の法学の大家ド・ラヴレーから、「あなたのお国の学校でおこなわれている宗教教育はどのようなものか」という質問をうけた。新渡戸がそのようなものは「ない」と答えると、この尊敬すべき教授はつぎのようにいい放ったという。「宗教なし！　どうやって道徳教育を授けるのか」。

そのときうけた衝撃を新渡戸は忘れることができなかった。自分自身、少年時代に学校で道徳教育をうけたことがなかったからである。だが、かれはやがて、あれこれ思い悩んだすえに、自分の正邪善悪の観念を形成したものが武士道にほかならなかったという結論に到達する。その精神遍歴のいきさつが、『武士道』という書物の第一版序のなかに記されている。ときに明治三十二年（一八九九）、新渡戸三十七歳のときだった。

思えば新渡戸のいう武士道もまた、神を信ずるかわりに人を信じたところに成立した自己修練の道であった。人の期待を裏切ってはならぬとする、はげしい思いを抱いて生きる道徳の道であった。長谷川伸の『沓掛《くつかけ》時次郎』の主人公は、自分が斬った男のいまわのきわの頼みをきいて、それをその後の自分の生き方の根っこにすえようと決心する。これはほとんど常識をこえる異様な場面であるが、人間の「想い」にモラルの根拠をおく考え方を凝縮したものだと、さきの佐藤氏はいっている。

けれども、どうだろう。神を信ずるかわりに人を信ずる思想というのは、何とも哀しい思想ではないか。なぜなら、人間ほど頼りにならない存在はないからだ。神の秩序はそうそう簡単に消滅したり崩壊したりするものではないが、それに比して人の秩序はいつでもガラガラと崩れ、あとかたもなく潰え去る運命にさらされている。神を信ずるかわりに人を信じてきたとはいっても、本当のところをいえば、神を信ずることができないからせめて人を信ずるほかはない、という断念に支えられた考え方なのではないだろうか。

たとえ人の思いに添おうとしても、たとえ人の期待を裏切らないように生きようとしても、その思いや期待をたちまち吹きとばしてしまうような無情の風がいつ襲ってこないともかぎらない。その無情の風がさらに、人の世の無常の思いをかきたてるのである。

義理人情の世界の危うさ、哀しさが、そこにあらわになる。武士道の思想の、かならずしもモラルという器には盛りきれない哀れさ、はかりがたさが鎌首をもたげてくる。それがそもそも、人を信ずるほかなかったものたちの宿命なのではないか。人の想いと怨みを唯一の頼みの綱として、自分の行動を定めようとしてきたものたちの運命だったのではないか。その哀しい危うさを生きるほかなかったものたちの背中にむかって、無常の風が吹く……。

長谷川伸の『瞼の母』においても、また『一本刀土俵入』の舞台においても吹いていた風である。神を信ずるかわりに人を信ずるほかなかったものたちへの、最後の慰藉の風でもあった。さきの『刺青奇偶』の舞台でいえば、仏教がはるか遠景のかなたに退いていったあとに吹いてくる無常の風である。それは、前近代から近代へとつづく歴史の深層を、一瞬もとだえることなく吹きつづけた風であったと、私は思うのである。

第八章　『日本捕虜志』

ノンフィクションの名作

戦後いつごろからか、「ノンフィクション」の分野にすぐれた書き手が輩出し、つぎつぎと名作が世に送り出されるようになった。

その一つひとつにふれている余裕はないが、たとえば長谷川伸の『日本捕虜志』などは他に抜きんでる名作の一つといえるのではないだろうか。

この作品は昭和二十四年（一九四九）五月から同二十五年五月にかけて、雑誌『大衆文芸』に連載された。このときは四百字詰八百枚ぐらいの量になっていたという（『長谷川伸全集』第九巻、七―二九八頁）。しかし、資料を集めて書きはじめたのは戦争中で、敗戦後もそのまま書き継いで倦《う》むことがなかった執念の著作だったといっていいだろう。

東京で空襲の災禍にさらされ、市井の一人として惨めな敗戦を体験し、戦後は戦後で占領軍の検閲と監視のもとにおかれながら、しかし日本人のなかには「捕虜」を大切に扱ってきた立派な伝統があったのだということを、資料をして語らせ、説得的に浮き彫りにしようとした仕事だった。

長谷川伸は小説家であり劇作家であったから、フィクションの名手とされてきたが、しかしこの『日本捕虜志』は私の目にはたぐい稀なドキュメントとして映っている。小説仕立てのノンフィクション、といってもいいのではないか。あえていえば、たんなるドキュメンタリーの域にとどまっていないところがじつに魅力的である。いかにもそれらしいノンフィクション、といった見方を打ち砕く発想と迫力にみちみちているところがこたえられない。

私はこの作品には、三つの鋼のような思想軸が埋めこまれていると思う。それが私の怯懦《きょうだ》の心を撃ち、ものを書くときの姿勢に活を入れてくれる。真似のできない仕事だ、といつも感歎の声をあげている。

第一が、歴史をどこまでもさかのぼっていくドキュメンタリー・タッチの執拗さ、である。その時間軸に沿う追究の仕方には練達の工夫がほどこされているのであるが、とりわけ資料の博捜とともに鋭い選択眼がはたらいている。「捕虜」の歴史を構想し、天智天皇時代の白村江《はくすきのえ》の戦いからはじめて、蝦夷地の征討、源平合戦、元寇の役と降《くだ》って、日清、日露の戦役に及ぶ。その間、千二百年にわたる彼我の捕虜を舞台に登場させているが、それを語り出すにあたりエピグラムとして、つぎのような言葉を掲げている。

他人のことを作《な》し、かれの作さざるを観る勿《なかれ》。（前篇冒頭のエピグラム）

騎士道ここに行われたるを見たり。

伝え聞く日本のサムライ道もその本質において騎士道と一致す。

——一九〇五年、敵の一少尉——（本篇の二、冒頭のエピグラム）

第二が、弱者、敗者にたいする尋常ならざる共感と惻隠の情を、作者があふれるばかりに抱えていたということだ。『日本捕虜志』の冒頭、序にあたる部分に、こんな話が出てくる。日露戦争のころ、中国の李家屯でロシア軍将兵が捕虜になった。日本軍のある中隊で、その捕虜を見学する案が浮上したとき、金子亀作一等卒がこういってことわる。

「自分は在郷のときは職人であります、軍服を着たからは日本の武士であります、何処のどういう人か知りませぬが、敵ながら武士であるものが運拙く捕虜となって彼方此方と引廻され、見世物にされること、さだめて残念至極でありましょうと察せられ、気の毒で耐りませんから自分は見学にいって捕虜を辱めたくありません」（『長谷川伸全集』第九巻、八頁）

第三は、長谷川伸がかたときも時代の危機意識を手放さなかったということである。敗戦のとき日本人のすべてが自信を失い、占領軍のもとで首をすっこめて逼塞していた。だがその当時、氏はそれだからこそこれからの日本国民にはぜひとも語り継いでもらわなければならぬといい、営々として書きつづけていた。

戦後、この反時代的な試みともいうべき『日本捕虜志』を刊行するような出版社はどこにもなかった。戦争中は、自宅の書斎と防空壕のあいだを毎日のようにあわただしく往復していた大量の原稿である。結局、自費出版の形で世に出すほかはなかった。その後記のなかで、氏は最後にこんなことをいっているのである。

読んでくださる方々よ、この本は捕虜のことのみを書いているのではない、〃日本人の中の日本人〃を、この中から読みとっていただきたい。どうぞ。

（『長谷川伸全集』第九巻、三〇〇頁）

それにしても、長谷川伸はなぜこれほどまでに「捕虜」の問題にこだわりつづけたのであろうか。前に、長谷川伸の仕事を展望するとき、「仇討」と「捕虜」の二つのテーマがしだいに大きくせりあがってくる、ということをいったが、そのことにかかわる。仇討テーマと捕虜テーマのあいだに、いったいどのような関係の網が張られていたのか。長谷川伸の世界をうかがうために欠かすことのできない要所であると私は思っているのであるが、そのことについては追々ふれていくことにする。

その検討に入っていく前に、ここではもう一度、長谷川伸が戦争中に、右の『日本捕虜志』としてまとめられることになる「草稿」とともにどのような生活を送っていたか、氏自身の文章によって再現してみることにしよう。

『日本捕虜志』昭和三十年版の「序」によると、この本は「昭和大戦」の後期に入り、日本全土が火と鉄との直接攻撃によって、地獄の惨苦に陥ったときに着手された。やがて日本は降伏するにいたるが、その敗北の日までのあいだに、事実の収集がようやく半ばを超え、草稿が約四百枚になっていた。空襲のサイレンを聞けば草稿を土に埋め、解除のサイレンを聞いて掘りだすくり返しだった。そのころかれは家人にたいして、この稿が成るのと命がケシ飛ぶのといずれが先かなあ、といったという。

ともかく日本にかんする捕虜について、「世界無比の史実」を明らかにし、のちの日本人に語り継ぐべき資料を遺そうと思ったのである。そのため草稿を地中に埋め、降りそそぐ戦火を避けようとした。地中の物はいつの時にか何かのことで掘り返されることがある。しからば誰かが未完成のこの稿本を、いつかは発見して完成してくれるだろう、爆弾にケシ飛べばそれまでのことと思ったからである。

そしてつぎのように書いている。

戦後に命永らえて、再びこの本の事実聚集と草稿作りにかかり、殊に占領軍が指摘し非難し憎悪したる捕虜問題に対し、感憤の禁めがたきものあって、稿を新にして『日本捕虜志』と題し、雑誌『大衆文芸』（新小説社刊）に昭和二十四年五月号より翌二十五年五月号まで、連載一カ年、この間にも事実の聚集を続けたれば、四百字詰八百枚ほどのものとなった。占領軍司令部に毎号これを郵送したが、何の反応もなく、又、私にどうと言うこともなかった。

（『長谷川伸全集』第九巻、二九七頁）

『日本捕虜志』が連載された雑誌『大衆文芸』はわずか三千部ほど刷っただけだったためか、満一年のあいだ、褒貶の手紙などは一通も寄せられず、これについて一行だに批評の言葉を投ずる者もいなかった。

反響がまったくなかったのである。

それで作者は自費出版を思い立ち、資金集めにとりかかる。それで七十一歳の誕生日（昭和三十年三月十五日）になったとき、まず五百部ができ上った。そのうち二百部を外務省と在外国の公館に寄贈し、あとの三百部はいろいろの方面の人々に寄贈している。長谷川伸は、敗戦後の日本人が自信を喪失しているなか、『日本捕虜志』の発掘、宣伝を通して、ただ一人世界にむけて独自の外交戦略を展開しようとしていたことになるだろう。そしてそのことを知る者は、そば近く生活していたはずの門人たちを含めてあまりいなかったようだ。というのも、有力な門弟の一人、村上元三が「解説」のなかでつぎのように書いているからである。

だが、敵討の研究資料集めと共に、捕虜志の蒐集を著者が続けていたのは、門下生のだれもが知らないことであった。おびただしい参考資料の蒐集は、もちろん著者ひとりで行なっていた。

戦局が激しくなり、空襲が日夜続くようになってから、著者の家の玄関前に大きな穴が掘られ、空襲のたび、まず真先にスーツケースが入れられた。それが次第に重くなって行ったが、捕虜志の草稿と敵討研究の草稿が、その中に入っていたのであった。終戦の日には、序文にある通り、捕虜志のほうは四百枚、敵討は六百枚になっていた。警戒警報解除になると、そのスーツケースは掘出されたが、著者は自宅も戦火で焼失するのは予期していたし、自分のいのち終るのも覚悟をしていた。その中でも、二つの草稿さえ残れば、だれかがこの仕事を完成する、と著者は考えていたと思われる。幸い、著者の自宅は焼けずに残り、著者は二つの仕事を戦後、続けることに力をそそいだ。

（『長谷川伸全集』第九巻、四四四頁）

この『日本捕虜志』は、『大衆文芸』連載時には、さきにふれた通りまったく反響がなかったが、著者が七十一歳のときに自費出版すると（昭和三十年三月）、まもなく各新聞、雑誌などで紹介され、激賞されるようになり、あくる昭和三十一年、第四回の菊池寛賞を受けることになった。このとき同じ賞を受けたのが荒垣秀雄の「天声人語」、花森安治と『暮しの手帖』編集部、河竹繁俊の歌舞伎研究、そして淡島千景の演技である。

以後『日本捕虜志』の声価はしだいに高まっていったが、著者はしばしば門下生たちにたいして、この作品の中のどの部分でも、自分の作品に使ってもいいし、講演の材料にしてもいいよ、といっていたという。だから、そうさせてもらった門下生たちは多いはずだといって、村上元三はこんなことも書いている。

ちなみに著者は、門下生のことを弟子と呼んだり書いたりしたことは、一度もない。若い勉強仲間、と言っていた。

師匠と弟子のあるべき姿は、もっときびしいものだ、と著者は語ったことがある。著者の信念に従って弟子たちを仕込む、ということになったら、おそらく世話がかかりすぎて、著者の寿命を縮めていたに違いない。

（『長谷川伸全集』第九巻、四四五頁）

一見して、親鸞の『歎異抄』（唯円述）の一節を思いおこさせるような文章である。「親鸞は弟子一人ももたず候ふ」といった親鸞の姿である。もし親鸞が、そのような長谷川伸の弟子にたいする振舞いと述懐をきいたとしたら、頰をゆるめて微笑んだかもしれない。弟子たちを本気で仕込んでいたら、親鸞とて九十歳という長寿を全うすることができなかったかもしれないからだ。あるいは長谷川伸もまた、ひそかに親鸞のいう「弟子一人ももたず候ふ」を胸の内にたたきこみ、その生き方に私淑していたかもしれない。そう疑ってみたくもなるような、長谷川伸の生き方が自然に眼前に浮かび上ってくる。

それはさておき、長谷川伸が「捕虜」問題に注いだ命がけの情熱に接するとき、私はあの戦時中の「生きて虜囚の辱めを受けず、死して罪禍の汚名を残すこと勿れ」を思いおこす。戦場において捕虜になることへの拒絶、否認の思想である。その理不尽な強制力のため、多くの将兵のいのちが失なわれていったことをわれわれは知っている。

この「生きて虜囚の辱めを受けず」は、昭和十六年(一九四一)一月八日、ときの陸軍大臣東条英機によって示達された「戦陣訓」に出てくる。戦場における軍人のとるべき具体的行動を示した文書だ。当時、日中戦争は長期化し、戦場における軍紀は弛緩し、掠奪、暴行などの非行が続出していた。それへの対応を迫られたためであった。が、この「戦陣訓」は全体としてみれば、明治十五年(一八八二)に発布された明治天皇の軍人にたいする勅諭(「軍人勅諭」)を、さらに細かく説明するという性格を合せもっていた。「生きて虜囚の辱めを受けず」の文言は、そのような文脈のなかで新たにつけ加えられたのである。

やがて戦局がすすむなかで、この「戦陣訓」に盛られた過度の精神主義と、捕虜となることへの絶対否定の考えが、戦場の将兵たちに異常な強制力をふるうようになる。絶望的な状況における「玉砕」をはじめとする無益な自爆死、加えて悲惨な餓死などによる大量の犠牲を生みだした。

長谷川伸が『日本捕虜志』を執筆するための資料を集めはじめたのは、おそらく日中戦争がこのように泥沼化していく時期に重なっていたのではないかと推察される。氏の門下生や知人のなかには、兵士として、あるいは報道班員として大陸の戦場に従軍した人々が多かったにちがいない。それらの人々が帰還した後、著者は、捕虜にたいする日本軍の取扱いについてさまざまの情報をかれらの口から直接聞いていたであろう。掠奪や非行がいろんな挿話を交えて語られていたはずだ。日本人は天智天皇の昔から、捕虜を遇することには情厚い国民性をもっていたのに、それが失なわれつつあることを聞くのは、長谷川伸にとって何よりも辛いことであり心外であったにちがいない。そのような戦時中の体験が、捕虜志の資料収集という仕事に手をつける契機になったのではないだろうか。

やがて戦後になり、戦争責任の問題をめぐって東京裁判がはじまる。その過程で捕虜虐待の事実が相手国側からつぎつぎと明らかにされていった。その追及と断罪の声がしだいに大きな輪を広げていくなかで、長谷川伸の『日本捕虜志』にかける思いはさらにつのっていったのではないか。戦後の精神的混乱のなかで、日本人の多くが意気阻喪し誇りを忘れていくのをみて、耐えられない気持を抱いていたはずだ。

さきにもふれた通り、長谷川伸は常日ごろ門下生にむかって、『日本捕虜志』のどの部分でも自分の作品に使用してもいい、講演の材料に使ってもいい、といっていたという。氏の切実な思いがどれほどのものであったか、そこからもうかがうことができるのである。

司馬遼太郎の眼差し

司馬遼太郎の『坂の上の雲』のなかに、捕虜の話がでてくる。

それが、一度や二度ではない。司馬遼太郎がいかに「捕虜」の問題につよい関心を抱いていたかが、そこから伝わってくる。この作品のなかで捕虜の話がでてくると、いつも速度を落として読んでいる自分に気がついた。それほどに作者の熱気が立ちのぼってきたのである。いつのことからだったろうか。随分以前のことのように思うのだが、『坂の上の雲』を読んでいて、その捕虜の扱いをめぐる生彩あふれる描写にふれるたびに、私は長谷川伸の『日本捕虜志』を想いおこすようになっていた。司馬遼太郎は、長谷川伸をひそかに熟読していたのではないかと思ったのだ。

まず、奉天会戦の場面あたりからみていくことにしよう。ロシア軍は、クロパトキン将軍の命令で奉天を退却したが、やがてそこからも北方へと去っていく。

その奉天会戦は、どうみてもロシア軍が負けるべき戦いではなかった。にもかかわらずロシア軍は退却をはじめたのであるが、その敗北は、ただ一人の人間すなわちクロパトキン総司令官の個性と能力に起因していたと、司馬遼太郎はいっている。
日本軍が勝つ可能性は、きわめて低かった。クロパトキンの個性のおかげで、ほとんど僥倖に近い勝利を拾ったといってもよかった。そのまことに危うい奉天会戦の戦況を委曲をつくして描いたあとで、司馬遼太郎はつぎのような感想を書きとめている。

日本はこの戦争を通じ、前代未聞なほどに戦時国際法の忠実な遵奉者として終始し、戦場として借りている中国側への配慮を十分にし、中国人の土地財産をおかすことなく、さらにはロシアの捕虜に対しては国家をあげて優遇した。その理由の最大のものは幕末、井伊直弼がむすんだ安政条約という不平等条約を改正してもらいたいというところにあり、ついで精神的な理由として考えられることは、江戸文明以来の倫理性がなお明治期の日本国家で残っていたせいであったろうとおもわれる。

（『坂の上の雲』七、文春文庫、二〇七―二〇八頁）

資料の探索のはてにそういう結論に到達したのであろう。「戦時国際法の忠実な遵奉者」というい方に、私は驚く。それが「前代未聞」であったといわれれば、さらに胸をつかれる。なぜ、そんなことが可能だったのだろうか。それに答えて、司馬遼太郎はすかさずいう。「江戸文明以来の倫理性」が、なお明治国家にはのこっていたのだ、と。
それでは、江戸文明以来の「倫理性」の中身は、いったいどんなものだったのだろうか。むろん、そういう問題にまではふみこんではいない。それは『坂の上の雲』という土俵をはるかに超える問題だからだ。けれども司馬遼太郎の作品を読んでいると、いつでもそのような大きな問題が背後に横たわっていることがわかる。いつでもそのような問いにぶつかる。司馬遼太郎がそのような大きな問いを抱えつつ、資料の山に囲まれながら仕事をしていたことがみえてくる。歴史のなかに両腕を突っこんで問いを見出し答えを探しだしている姿が、浮かんでくるのである。

そして、その山のような資料のなかに、長谷川伸の『日本捕虜志』が宝石のような輝きをみせてすえられていたのではないだろうか。

たとえば右にあげた奉天会戦の場面についても、『日本捕虜志』はロシア軍に捕えられた日本人捕虜の運命、そして日本軍に捕えられたロシア人捕虜の扱いについて、詳細な情報を提供しているからだ。

「戦時国際法」なるものにたいして「前代未聞なほど忠実な遵奉者」だった日本軍の態度、ロシア軍の捕虜にたいする「国家をあげての優遇」策などなど、『日本捕虜志』には委曲をつくして記述されている。

その長谷川伸の伝える資料の一つひとつが、司馬遼太郎の文章の行間から浮かびあがってくるのである。氏の自問自答を引きだすうえで、すくなからぬ刺激を与えたであろうエピソードがつぎからつぎへとあらわれる。

ちなみに「奉天会戦」について長谷川伸が書きのこした情報と資料は、『長谷川伸全集』第九巻の一九五頁以下に詳述されているが、そこからも、なぜ『日本捕虜志』を書かなければならなかったのかとみずからに問う長谷川伸の素顔をうかがうことができる。

さきに私は、司馬文学は「問い」の文学であるという意味のことをいったが、その「問い」を司馬遼太郎に抱かせた原点が長谷川伸の作品と、その人生態度にあったような気がしてならない。とりわけ戦争捕虜の問題は、司馬遼太郎が長谷川伸にみちびかれて再発見した重要なテーマだったのではないだろうか。

いくつか例をあげて、そのような長谷川伸と司馬遼太郎の接点をクローズアップしてみることにしよう。

まず、日清戦争の場合。『坂の上の雲』は、秋山好古《よしふる》、真之《さねゆき》兄弟と正岡子規の交遊をヨコ糸に、日清戦争をタテ糸にして展開していく。その日清戦争を語るなかに、威海衛の戦いがでてくる。威海衛は、中国の山東半島北端に突きでた港である。明代に日本の倭寇がこの海域を荒らし回っていたが、それを防衛するための衛所（明の兵制）がおかれていた。それが清朝末期にいたり、清国の誇る北洋艦隊の基地となっていた。

明治二十七年（一八九四）八月、日清戦争が勃発。翌年二月、日本軍は威海衛に水雷艇攻撃をかけ、この軍港を拠点にする北洋艦隊を全滅させた。世に「威海衛の戦い」と称せられる海戦である。このときの北洋艦隊を率いたのが清国の名提督、丁汝昌《ていじょしょう》、日本艦隊の司令長官が伊東祐亨《すけゆき》中将だった。

このとき降伏を決意した丁汝昌に、伊東は公式に降伏をすすめる書状を送った。そのなかで丁汝昌に日本への亡命をすすめ、「日本武士の名誉心」に誓って手厚く迎えたいと書いた。そして、さらに語をついでいう。――かのフランスのマクマオン将軍は、普仏戦争のとき、ドイツ軍のためセダンで包囲され城兵とともに降伏した。いったん捕虜になったかれは、しかし休戦後に釈放され、フランスに帰って、のち大統領になった……。が、丁汝昌は、「伊東中将の友情には心をうたれるが、しかし私はみずからに従う」といって、これを拒絶し、毒をあおいで自殺する。

司馬遼太郎の眼差しがどこに注がれ、その神経の針がどちらの方向にふれているのかが、右のシーンの描写からもうかがえるだろう（『坂の上の雲』二、文春文庫、一五三―一五九頁）。「威海衛の戦い」については、むろん長谷川伸も熱い眼差しを注いでいた。とりわけ北洋艦隊の戦いぶりと指揮官、丁汝昌の人となりを描写する点において微に入り細をうがっている。日本と清国の両軍が捕虜にたいして示した扱いを叙述する場面でもそうである。今日の目からすれば、想像もおよばないような公平で人間的な態度を浮かびあがらせようとしている点で、長谷川伸の筆はすこしも揺がない。

その顚末を細かな資料まで交えながら記述したあとで、氏はつぎのように書く。

丁汝昌の死に日本人が向けた心は、それより十年の後に、ステッセル将軍の開城降伏にもそのままの如く向けられた、そうしてその後年においては失われた。

（『長谷川伸全集』第九巻、八一頁）

「ステッセル将軍の開城降伏」とは、日露戦争のさい、旅順要塞の防衛戦に敗れたステッセル将軍が、乃木大将と水師営で会見し、降伏調印したことを指す。

また、こういうことも書いている。

東京の代表的な七つの新聞紙は、丁提督の死を論じ、悲劇の英傑とし、哀史の義人とし、悼惜の言葉をつらねて弔魂した。ただ一つの新聞紙のみが降伏も自殺も共に非、最後の最後まで戦うべかりしと論じた。そのどちらが適当かは暫くいわず、敵を褒めることが出来たその頃は、「敷島の大和ごころを人問はば朝日に匂ふ山ざくら花」が、現存していたのだったことを追懐せざるを得ない。

（『長谷川伸全集』第九巻、八一―八二頁）

それでは、日露戦争の場合はどうだったのか。『坂の上の雲』では、旅順の攻防戦に参加したロシア水兵バーブシキンの話がでてくる。陸上で、乃木軍が二〇三高地の攻撃をくり返しているとき、日本海軍は旅順港の封鎖作戦をすすめていた。その日本艦隊に猛犬のようにいどみかかってきたのが、ウィーレン大佐を艦長とする一等巡洋艦バヤーン（七七二六トン）である。バーブシキンはこの巡洋艦の機関兵だった。

が、この勇敢な一等巡洋艦バヤーンは、乃木軍が二〇三高地を占領して陸上から港内を射撃したときに撃破された。ボートでのがれたバーブシキンは、陸上にあがって要塞の砲台にとりついたが、そこに落下してきた日本軍の二十八サンチ榴弾砲の破片で倒れる。全身に十八カ所の傷を負い、旅順市街の病院に入れられた。やがて、要塞の司令長官ステッセルの降伏とともに捕虜になった。そのときの光景を司馬遼太郎は、つぎのように描く。

乃木軍の軍医はかれを診察して、
「これは廃兵だな。ふたたび軍務にはつけないだろう」
とみて、捕虜収容所には送らず、本国送還のリストに入れた。傷病者で本国送還にきまった者は、外国船によってロシアへ送られるのである。バーブシキンは船にのせられた。
（『坂の上の雲』七、文春文庫、二五三頁）

捕虜の交換風景なのではない。無条件の捕虜送還の場面である。そういう捕虜の取り扱い方が、当時の「戦時国際法」というものの一面だったのだろう。

右の挿話は、長谷川伸の『日本捕虜志』には見当らないが、もう一つ、長谷川伸と司馬遼太郎とをつなぐ、捕虜関連についての見逃すことのできない興味ある挿話がある。まず、司馬遼太郎の文章にもとづいて、そのシーンを再現してみよう。

日本海海戦がおこる前年のことだった。ロシアのウラジオ艦隊がウラジオストックに集結して日本海に出没し、日本の輸送船団に脅威を与えていた。陸軍の輸送船常陸丸を撃沈したのも、その艦隊に属する巡洋艦リューリックだった。当時、敵の海上交通破壊戦を封ずる任務を負わされていたのが、上村彦之丞《かみむらひこのじょう》率いる装甲巡洋艦の第二艦隊である。

明治三十七年（一九〇四）、八月十四日、早暁のことだった。蔚山《ウルサン》沖を南下してくるリューリック以下三隻のウラジオ艦隊の船影を発見し、上村はすぐさま出雲以下四隻で追跡した。猛烈な砲戦のすえ、ついにリューリックを撃沈したが、他の二隻グロムボイとロシアは破壊されながらも、辛うじてウラジオストック港内に遁走した。

二隻に逃げられたのは、上村が追跡することを途中で放棄したからである。それよりも、リューリックの沈没現場にもどって、海面にただよう乗員の救助にあたったのである。救いあげたロシア兵は、じつに六百二十七名の多数にのぼった。各艦とも、魚雷発射管のある室まで捕虜でいっぱいになったという。

このことを後になって知った参謀、秋山真之は、「あの二隻を遁《に》がすべきではなかった」といった。戦略目的を犠牲にしてまで敵の漂流兵を救うのは「宋襄《そうじょう》の仁《じん》」だ、とまでいって上村を批判しつづけた。

「宋襄の仁」というのは、中国の故事に由来する。かつて宋と楚が戦ったとき、宋の公子目夷《もくい》が楚の布陣しないうちに攻撃しようと進言したが、襄公は、君子は人の困っているときに苦しめずといって攻めず、そのため逆に楚に敗れてしまったという。つまり無益の情けをかけるなということだ。上村彦之丞のやったことは、はたして宋襄の仁だったのだろうか。ここは難しい場面だといって、司馬遼太郎はつぎのように書いている。

……上村にとっては戦争は人間表現の場であり、敗敵へのいたわりがなければ軍人ではないという頑固な哲学があった。かれは日清戦争のときも敵の捕虜たちを艦に収容するとき、敵の面目を考え、堵列《とれつ》する水兵たちに廻レ右をさせて背をむけさせた。

（『坂の上の雲』八、文春文庫、一七〇頁）

「戦争は人間表現の場」というのは、いかにも司馬流のいい方ではないか。そこから、戦略目的と頑固な哲学のせめぎ合いという問題を抽きだしているのであろうが、それはやはり司馬遼太郎のいうように難しい場面だ。

秋山真之のいっていることが正しいのか、それとも上村彦之丞の選択が良かったのか、見極めの難しいところである。しかしそれにしても、敵の捕虜たちを艦に収容するとき、水兵たちに背をむけさせた気遣いには、やはり驚かされる。そういう能力の発現の仕方に虚をつかれる思いだ。

この明治三十七年八月十四日におこった「リューリック撃沈」のいきさつは、『日本捕虜志』においても詳述されている。ロシア側と日本側の関連資料をあげながら、海戦の進行が刻一刻、記述されている。

もちろん、戦い終って「宋襄の仁」をめぐる戦略批判の場面もじつに印象的な叙述のなかにあらわれる。ところが、まことに意外にもそこに「秋山真之」の名が登場することはないのである。『日本捕虜志』の著者は、その部分をつぎのように書いている。


追撃をやめて溺者を救う必要いずくにありやと、「上村艦隊の処置は宋襄の仁たらざるを得ない」と、難じたものもある、陸軍の軍人で、ステッセル将軍の旅順開城を難じた、『予の見たる日露戦争』の著者（佐藤清勝中将、昭和六年、軍事普及会刊。正しくは『予が観たる日露戦争』、筆者注）がそれである、当時は前にもいったがこの著者は、兵站部の中尉で、後年になってもこの説を翻えしてはいなかったようである。その曰く戦闘の目的は三隻の敵艦を撃滅するにある、追撃を中止して敵の溺るるを救うが如きは、宋の襄公が君子は人を阨《くるしみ》に困《くるし》めずとて、楚の兵がいまだ河を渡らざるを討つことを許さず、楚の兵が河を渡っていまだ列をなさざるをもなお討つことを許さず、ためにかえって楚に敗られ覇業が成らなかったので、世人はこれを〝宋襄の仁〟といって嗤《わら》った、上村艦隊のやり方はそれだといい、「この点に

関して絶対に同意することが出来ない」というのだった。(『長谷川伸全集』第九巻、一六八頁)

この「宋襄の仁」という戦略批判の場面をめぐって、司馬遼太郎は『日本捕虜志』には出てこない「秋山真之」の名をそこに登場させている。しかもその秋山真之を、批判する側の人物に仕立てあげているのである。

それは、いったいどうしてだったのだろうか。

『坂の上の雲』とのちがい

日露が戦端を開いてまもなく、ロシアのウラジオ艦隊を撃滅する作戦がとられる。事件は、明治三十七年(一九〇四)、八月十四日の早暁におこる。さきにものべたように、上村彦之丞率いる巡洋艦隊がウラジオ艦隊の三隻を発見して追跡し、リューリック一隻を撃沈、あとの二隻はウラジオストックの港内に逃げ帰った。二隻に逃げられたのは、リューリックから海中に投げだされたロシア兵六百二十七名を救いあげる仕事に没頭し、逃げる二隻を撃沈する戦闘を放棄したからだった。

右に記した場面は司馬遼太郎の『坂の上の雲』に出てくるが、しかしいまいったようにその同じ戦闘場面を記述する長谷川伸の『日本捕虜志』では、そこに秋山真之の名は出てこない。

「宋襄の仁」といって上村彦之丞艦長を非難したのは陸軍軍人だった佐藤清勝中将で、そのことは同氏の『予の見たる日露戦争』に記されている。――長谷川伸はそのように書いているのである。

　司馬遼太郎は、なぜその場面で、捕虜救出にあたった上村を批判する人物として、佐藤清勝中将ではなく秋山真之の名を登場させたのか、――それが問題だった。「宋襄の仁」といって批判した人物を、なぜ秋山真之に擬したのかということだ。

　これもすでにふれたことだが、長谷川伸は『日本捕虜志』を書き継いでいるとき、門下生たちにたいして、そこに記されている材料はどのように利用してもかまわない、といっていた。どんな形であれ世の中に知らせたいと思っていたからだ。司馬遼太郎が長谷川伸の門下生であったとは思えないが、長谷川伸のその思いは司馬遼太郎も感じとっていたのではないだろうか。その上、『坂の上の雲』はあくまでも小説である。随所に独自の文明批評がちりばめられてはいるけれども創作である。人物の名を自在に入れ替えることも許されるだろう。

　だから、「宋襄の仁」といって批判した人物を秋山真之に代えたとしても何ら不都合なことではない。なによりも秋山参謀は、このあとはじまる日本海海戦で、ロシア本国から回航してくる艦隊を撃滅する重要な任務についている。その決戦のときまでに、日本艦隊を脅かすウラジオ艦隊を骨抜きにしておかなければならない。

　そうした作戦参謀という視点に立てば、撃沈した艦の兵員を救助して他の二隻をみのがしてしまう行為はやはり非難に価する。それを「宋襄の仁」といって批判したとしてもおかしくはない。――司馬遼太郎はそう考えたのかもしれない。とすれば氏の手による改変も、わからないではない。

ただ、この問題の背景を探るためにも、ここで「捕虜」をめぐる秋山参謀の行動について、もう一つのエピソードを書きそえておきたい。

日露開戦の直後におこなわれた、世に有名な旅順港閉塞戦のときのことだ。このときも作戦の遂行にあたり「捕虜」の問題が重要な議論の対象になっていた。

旅順港に逃げこんだ敵艦隊を港内に封じこめるための作戦である。外洋への出口にあたる港口に船を沈めて通航不能にする。しかし敵もさるもの、湾岸には四方八方に要塞を築き、湾に近づく艦船に雨あられの十字砲火をあびせる。旅順港は無敵の要塞といわれていたのである。

この旅順閉塞の作戦は前後三回おこなわれて最後に成功する。その展開を『日本捕虜志』(『長谷川伸全集』第九巻)の記述によって追ってみよう。

第一回は明治三十七年、二月二十四日だったが失敗。しかし一名の捕虜も出さなかった。

第二回は三月二十四日の夜から二十五日の夜明け近くまでで(実際は、三月二十六日夕刻の出発だった)、沈めた船は老朽船の千代丸、福井丸、弥彦丸、米山丸の四隻。このとき広瀬武夫少佐は二番船の福井丸を指揮していた。かれは第一回目では報国丸を指揮して生還したが、この第二回目のときは、福井丸に乗って指揮し、杉野孫七兵曹長らと戦死している。が、このときも敵手に落ちたものはいなかった。
閉塞作戦の最後となった第三回が五月二日夜である。このときは行方不明九十一名を出している。そのほとんどは斬り死をとげたが、少数のものが捕虜となった。この日は荒天のため中止命令が出たが、風波のひどい海上のため命令が伝わらず、旅順港口で爆沈したのが八隻、引き返したのが四隻だった。爆沈した八隻はつぎの通りである。

三河丸（匝瑳胤次大尉指揮）
遠江丸（本田親民少佐指揮）
愛国丸（犬塚太郎大尉指揮）
江戸丸（高柳直夫大尉指揮）
朝貌丸（向菊太郎大尉指揮）
小樽丸（野村勉大尉指揮）
佐倉丸（白石葭江大尉指揮）
相模丸（湯浅竹次郎大尉指揮）

この八隻に乗っていった人員は百五十八名、そのうち収容隊が収容したのが六十七名。そのうち、戦傷四名、負傷二十名、無疵四十三名である。生死不明は前述のとおり、はじめ九十一名とされたが、のちに行方不明は七十一名で、残り十数名は重傷を負って敵に捕われたことがわかった。捕われてからもみずから死を選んで世を去ったものもあり、傷病のため没したものもあり、旅順開城のとき日本側に還ったのは数名だけだった。

以上の事実を念頭において、つぎに紹介する長谷川伸の記述、すなわちもう一つの秋山真之にかんする情報に注目してほしいと思う。

日露戦争のずうっとあと、大正十五年（昭和元年）の夏のことだ。旅順閉塞作戦に参加した斎藤七五郎海軍中将がこの世を去った。閉塞作戦の第二回目に、弥彦丸に乗ってこれを爆沈させた指揮官で、当時は大尉だった。

その斎藤海軍中将の葬儀で弔辞を捧げたのが、同じ閉塞戦で生死をともにした正木義太海軍中将だった。第二回の閉塞作戦では米山丸に乗っており、斎藤と同じく大尉だった。ちなみに、このとき福井丸に乗って戦死したのがさきにもふれた広瀬武夫少佐である。当然、斎藤中将の葬儀のときにはこの世の人ではない。

その正木義太海軍中将の弔辞のなかに出てくる話を、長谷川伸は『斎藤七五郎伝』（寺岡平吾、昭和三年、斎藤七五郎伝記刊行会刊）から抜き出して、紹介している。

第一回目の閉塞戦は失敗したが、第二回目を決行することになったとき、参謀秋山真之少佐が、こんど行く閉塞船の指揮官たちを訪ねる。福井丸に乗る広瀬、弥彦丸に乗る斎藤、そして米山丸に乗る正木の三人で、それぞれの艦に訪ねている。長谷川伸はそのときの情景をつぎのように書く。

正木大尉からこの時のことをいうと、秋山参謀が説く要点は、今度の閉塞は逸《はや》らずにやれ、捕虜にされる決心でやれである、云うところはそうだが、言葉の陰にあるものは捕虜になれである、敵の手に生擒《いけどり》されるくらいでなくては成功は難しいというのである。斎藤七五郎大尉はああいう人物だから、国のためなら自分の不名誉などは敢然として忍ぶだろうと思ったので正木大尉は、「捕虜になりましょう」と返答した、すると秋山参謀が、「斎藤は捕虜になるといった、君も承知してくれたので、安心した」といったが、「広瀬も」とはいわなかった。広瀬武夫少佐は一死報国の手本をみせれば、これに倣《なら》うものが続々と必ず出てくると考えている人だったから、捕虜にはならぬと答えたのだろう、いや確かにそういって頑張ったのだ。この秋山・広瀬の問答は、広瀬少佐の乗った報国丸の栗田富太郎大機関士（後に少将）が知っている筈だ、という。

（『長谷川伸全集』第九巻、一七八頁）

秋山参謀が閉塞作戦を指揮する三人を順に訪ねて話し合っていたことがわかる。とりわけ弥彦丸に乗る斎藤大尉と、米山丸に乗る正木大尉にたいしては、閉塞の大仕事を終えたあとは、「捕虜になれ」といっている。ところが福井丸に乗る広瀬少佐にたいしては、そうはいわなかった。一死報国の手本をみせれば、あとにつづく者が出てくると信じて疑わない人間だったからである。そして結果として広瀬はその信念に殉じて戦死する。

『日本捕虜志』が伝えるところによれば、この段階において捕虜になることを前提にする作戦を立てていたことがわかる。かれのその作戦は広瀬武夫には通じなかったけれども、おそらく「捕虜になれ」という秋山の思いに嘘はなかったであろう。

もしもそうであるならば、それはさきにふれた「リューリック号撃沈」の戦闘にさいして、海に投げ出された大量の敵を救出した行動と引きくらべるとき、どういうことになるか。「宋襄の仁」、すなわち利敵行為と非難の声があがったことについてである。その場面で、そう非難した当の人物は『日本捕虜志』によれば佐藤清勝中将だった。それにたいして『坂の上の雲』では、佐藤中将に代って参謀「秋山真之少佐」の名が出てくる。

いったい秋山真之は「捕虜」についてどのように考えていたのか、かれの真意をめぐって司馬遼太郎はどのような解釈を下そうとしていたのだろうか。それがかならずしも判然としないのである。

もっとも敵の捕虜と味方の捕虜とでは、当然のこと対処の仕方も変ってくる、そういう見方もあるだろう。とすれば、敵の捕虜にたいしては「宋襄の仁」をみせるなといって非難する秋山と、味方にたいしてはあえて「捕虜になれ」と励ます秋山の態度は、かならずしも矛盾するものではない。

司馬遼太郎は、はたしてそのように考えていたのだろうか。

ところが、ここが肝心のところなのだが、『坂の上の雲』においては、旅順閉塞作戦の場面で、右にのべたような三指揮官を秋山参謀が訪問する情景は、まったくあらわれないのである。

したがってまた、斎藤大尉と正木大尉を訪れて、「捕虜になれ」とすすめるシーンも描かれることがない。結果としてカットされているといっていいだろう。

それに代わって、この第二次の閉塞作戦で大きくクローズアップされるのが広瀬武夫の存在である。その人間的な魅力と武人としての潔い生き方に、光があてられていく。物語の展開はほとんどこの広瀬武夫の言動を軸にすすめられていくのである。その描写の一端を拾ってみよう。

第二回は、四隻えらばれた。

指揮官は、前回とおなじである。下士官以下は一度行った者は二度とやらせないというのが本則で、将校は何度でもゆく。総指揮官は有馬良橘。それに広瀬武夫、斎藤七五郎、正木義太である。

「敵も、こんどは準備するだろう」

と、真之は、三笠にたずねてきた広瀬武夫にいった。第一回のような、いわば敵の不意をつくというようなことにはなるまい。

「そのうえ、そろそろマカロフ中将が旅順に着任しているはずだ。旅順の士気は一変するにちがいない」

真之は、いった。

（『坂の上の雲』三、文春文庫、二五七頁）

出撃は三月二十四日の予定だったが、水域一帯が濃霧にとざされ、風浪もはげしかったため、延期。その日、真之は広瀬をその座乗船の福井丸に訪ねている。

広瀬は、「サルーン」のストーヴわきに真之をむかえた。真之はまたをあぶりつつ、

「もし敵砲火がはげしすぎれば、さっさとひっかえすほうがよいな」

と、前にいったことをくりかえした。

広瀬は、おまえはいつもそれだ、実施部隊というものは作戦家とちがい、生還を期しちゃなにもできない、成功のカギはただひとつ、どんどん往《ゆ》くというよりほかはないのだ、といった。

二十六日午後六時半、閉塞船の四隻は根拠地を出発した。二十七日午前二時、老鉄山の南方に達するや、千代丸を先頭に単縦陣をつくり、福井丸、弥彦丸、米山丸の順で港口にむかって直進した。

夜霧がやや濃く、月色も霧のためにぼんやりしている。閉塞には条件がよかった。各船とも広瀬のいう「どんどん」行った。

旅順要塞の探照燈が先頭の千代丸を発見したのは、午前三時三十分である。旅順の空と海は閃光と轟音でつつまれた。

(『坂の上の雲』三、文春文庫、二六〇頁)

みられる通り、この場面の主人公は秋山真之と広瀬武夫である。斎藤七五郎と正木義太は名前が記されているだけで、その言動に著者の筆は及ばない。したがってまた、斎藤と正木にむかって「捕虜になれ」とすすめる秋山真之の姿も描かれることはない。

司馬遼太郎はおそらくそのような場面はカットしたのだろう。だから、「捕虜」の言葉は、もはや秋山の口からはきこえない。広瀬にむかっては、「もし敵砲火がはげしすぎれば、さっさとひっかえすほうがよいな」といわせているだけである。

「捕虜」を見る眼差しが、長谷川伸と司馬遼太郎とでは違っていたとみるほかはないだろう。さきの「リューリック号撃沈」の戦闘を総括する場面で、上村彦之丞の「宋襄の仁」にたいする批判者の立場に秋山真之を擬したのもうなずけるのである。長谷川伸の眼差しが捕虜の身の上に静かに注がれていたとすれば、司馬遼太郎の目は、やはり明治開化期の気流にのった「坂の上の雲」にむかって見開かれていたことがわかる。

これまで、上村彦之丞とリューリック乗組員救助の問題を、「宋襄の仁」批判の問題と結びつけて考えてきたが、『日本捕虜志』にはもう一つ、目の覚めるようなエピソードが登場する。これは『坂の上の雲』にはでてこない話なので引いておかなければならない。

出雲に収容されたリューリック乗組の一ロシヤ将校が、艦内に飼われている小鳥を熟視し、この小鳥は前々からここにありしかと問うた、日本人通訳が、いやいやあれはリューリックの溺者を救助にいったものが、救い漏れは最早ないかと、救助艇をあっちこっち漕ぎ廻しているると、浮いていた板にあの小鳥がとまっていた、大海の中だし放って置いては、小さい翼ではとても陸地まで飛べまい、可哀そうだと捕えてきて、ああして飼っているのだと答えると、ロシヤ将校は涙をうかべ、あれは私の飼っていた小鳥でした、われわれは北海で奈古浦丸を撃沈して以来、金州丸・常陸丸・和泉丸と撃沈し、佐渡丸も破壊したのだから、その報復を今こそ受けると思いの外かくも優遇をうけつつある、日本人はどうしてかくまで義侠なのかといい、神に黙禱を捧げた。

（傍点筆者、『長谷川伸全集』第九巻、一六九頁）

「日本人はどうしてかくまで義侠なのか」ということが、まさに長谷川伸の股旅物のテーマであった。『一本刀土俵入』や『沓掛時次郎』などの名作を書いた動機もまさにそこにあったのだと、あらためて私は思う。

第九章　「たたかい」とは何か

原像は「ヒト対野獣」対決

長谷川伸は、なぜ仇討と捕虜の問題にあれほどこだわったのだろうか。なぜ書きつづけて倦むことがなかったのか。

追われる者の運命に寄せる同情の気持が、ひと一倍濃厚だったということがあるかもしれない。逃げつづけて傷つき、そして死の恐怖にとりつかれる者たちへの悲しみにみちた眼差しが、氏における生得の感覚になっている。敗者や弱者にたいする負い目の感覚である。人情といい義俠というのも、その生得の感覚と別のものではない。それもこれも人間にたいするつきることのない関心、そして信頼が土台になっているのだろう。

そのようなことはこれまでも折にふれていってきたけれども、しかしそれをいうだけではまだ長谷川伸という人間の表層を撫でているだけなのかもしれない。なぜならそのようなおもて向きの表情の奥に、じっとうずくまっている不気味なものの気配を私はいつも感じないではいられないからである。長谷川伸の作品を読んでいると、肌に吸いつくように這いのぼってくる問いのようなものが迫ってくるからだ。

たたかいとは、そもそも何か、ということだ。人と人がたたかうとは、どういうことかという問いである。長谷川伸がそのことをつねに意識していたかどうか、はっきりとはわからない。だが氏の作品にひきつけられ誘われていくうちに、いつも人間のたたかいの現場、とりわけ血なまぐさいたたかいの修羅場に引きずりこまれていく自分を発見する。その現場で人はどのように振舞ってきたのか、人間たちはそのような舞台でどのように生死を決してきたのか。氏によってさしだされる問いが、打ち返す波のように浮かびあがってくる。長谷川伸のどの作品からも伝わってくるはりつめた鳴弦の震動である。

仇討の現場がそうではないか。捕虜の運命も、そのような修羅場を生き抜くことにつながっている。長谷川伸が好んでとりあげる二つの大きなテーマである。そしてこの二つのテーマをさらにしぼりこんでいくと、結局さきのたたかいの問題に収斂していく。

目を転じよう。人間における「たたかい」の行動にねらいを定め、『たたかいの原像――民俗としての武士道』という作品（平凡社、一九九一年）を書いたのが民俗学者の千葉徳爾氏だった。氏は長年、「狩猟伝承」の研究をつづけて、独自の学問世界をきり拓いたことで知られるが、なかでも「切腹」慣行に着目し、それが狩猟民の生活行動から生みだされたものであることをきめこまかに論証して、読者をあっといわせた。その「たたかい」の議論が、「切腹（自害）」の振舞いと切っても切れない関係を結んでいたことも同時に明らかにしていたのである。以下しばらくのあいだ、氏の「たたかい」の議論につき合っていただくとしよう。

出発点は、ヒトとヒトのたたかいの「原像」は、ヒトと野獣のたたかいにあるとするところだ。紀元前七世紀、古代アッシリアの銅板に浮き彫りにされた精巧な狩猟図では、王や貴族たちが戦車にのり、弓箭などの武器を手にライオンを狩り殺している。また、その同じ戦車にのる王たちは、他民族の軍兵をライオンと同じように弓箭を用いて薙《な》ぎ斃《たお》している。そのような光景がけっして珍らしくない。つまりヒトと野獣のたたかいは、そのままヒトとヒトのたたかいであった。

氏はたまたま九州島津家に伝わる中世史料をしらべていて、対野獣の狩りと対人戦闘が原則的に同じように認識されていたことを発見したといっている。また昭和三十年代、大隅半島で狩猟伝承を調査していて、戦争は猟と同じことでとても面白いものだ、と公言する海軍上がりの狩人に出会って一驚したともいっている。

野獣とたたかうヒトの原像を歴史的にさかのぼっていけば、むろん武士や戦士の荒々しい源流につきあたる。わが国においてその追跡の仕事に先鞭をつけたのがさきにふれた折口信夫であり、昭和三年（一九二八）に発表された「ごろつきの話」だった。かれらの古代的な出自が修験や山臥などにあり、それが「情念のおもむくままに生きる」野武士、山臥、ごろつきなどの群を生みだしたのだと論じた。

同じようなことは、当時すでに柳田国男も『山の人生』（一九二六年）のなかでいっていた。そこでかれがとりあげているのが、近世初期の江戸のあぶれ者として知られた大鳥逸平（一平、一兵衛ともいう）である。かれの身の上話は『慶長見聞集』巻六に出ているという。その在所は武州大鳥だったが、浪人をして江戸に出て数百人の徒党を組み、年二十五歳でその頭領と仰がれた。が、喧嘩辻斬りなど世間を騒がせた張本として捕えられ、慶長十七年（一六一二）七月、江戸市中引廻しの上、磔に処せられた。

奉行所での尋問では、日本中の大名はみなわが同類であるとうそぶいた。それが契機となり、江戸中の大名小名家ではその種のあぶれ者ごろつきの子弟を見つけだし、首を切ったりさらし首にした。さらに、遠島や追放の刑に処す騒ぎに発展したという。この時代の武士は、官僚化する近世武士以前の時代の気風をまだのこしていたのである。暴力団や俠客と武家の大名小名の境界が不分明だったころの話といっていい。

ちなみにこの大鳥というあぶれ者の出生には、こんな霊験譚までが語り伝えられていた。——母なるものがかねて子無きことを悲しみ、在所の十王堂に十七日のあいだ籠り、はての暁に霊夢をみ、生まれてきたのが骨柄たくましく面の色は赤に染まり、向う歯があって髪はかぶろだった。立って三足歩いたところをみて、世の人はみな悪鬼が生まれたかと怪んだという。

酒呑童子の出生譚といっていいが、この大鳥逸平なども折口のいう「情念のおもむくままに生きる」無法者であったことはいうまでもない。

ただ千葉徳爾氏によれば、この柳田や折口は、ごろつき無法者の源流が修験や山伏（山臥）のような「山の民」の生活にまでさかのぼりうることに着目していたにもかかわらず、それが今日われわれの民俗生活のなかにどのような具体的な影響を及ぼしているのか、そこまではかならずしも探索の手をのばしていないのが残念でならないといっている。氏があらためて、「たたかいの原像」という問題提起をしないではいられなかった理由がそこにある。

ところで、「とどめを刺す」という言葉がある。ヒトと野獣のたたかいが、ヒトとヒトのたたかいに深々と影をおとしている言葉である。


たとえば武士が斬り合って相手を倒した場合に、その首級を斬り取る、またはとどめを刺すという行為に出るが、これはもともとは、単にその功を誇りあるいはたたかいの作法に従うというよりも、たたかった相手が戦力を失って死に瀕して苦しんでいる場合に、いたずらに苦痛を与えて放置しておく方が「武士の心」が乏しいのであって、早くその苦痛を除いてやることこそ賞讃されるべきことだったからではなかろうか。

（千葉徳爾『たたかいの原像』、平凡社、一九九一年、一七頁）

この一段は、氏もいうように今日の「安楽死」、つまり森鷗外が『高瀬舟』で提起した問題を浮かびあがらせるが、同時に、長谷川伸の『荒木又右衛門』に描かれる血闘の一場面を思いおこさせる。

渡部数馬が河合又五郎を追いつめ、荒木又右衛門がその最期の一瞬をじっとみつめて声をかける場面だ。第五章にも引用したが、ここでも再現してみよう。

「終りとなった——南無」

と、又五郎は呟くようにいっていた。

「南無阿弥陀仏」

と、又五郎の低い弱った声が聞えた。

又右衛門は又五郎の眼を見た。平穏な色に変っている。

「又五郎、よく闘いたり」

一言、手向《たむ》けた。

「うむン」

ばッたり、前へ伏した。乱れた髪に珠なす汗が、午後の日をうけて幾つか光った。

数馬は地に坐り、うっとりしている。

「数馬、止殺《とどめ》!」

又右衛門の声が耳にはいらずにいる。

「数馬！」

…………

数馬は盲のように手探りして、又五郎の頸の急所に、刃こぼれ五カ所、打込み疵一寸あまりできた、備前祐定作の刀尖《きっさき》を刺した。

「めでたい」

と、又右衛門がいった。

（『長谷川伸全集』第四巻、三〇一―三〇二頁）

印象的な場面である。仇討の仕上げを前に、又右衛門の発する「数馬、止殺！」の声が虚空にするどく響きわたる。それがさむらいの作法というものだった。千葉氏はそれを「武士の心」といい、さらにつづけている。

このようなさむらいの作法、つまり「武士の心」を失なっていくのが近世の武士だった。かれらは都市で生活することに慣れ、藩主の転封にともなって地方を転々とする。いわゆる「鉢植えの武士」である。しかしそうした家禄に依存し泰平の世に武を放棄した彼らより、つねに海山にあって、生きた野生生物とたたかって生計を立ててきた漁夫や猟人たちのあいだにこそ、さむらいの作法、武士の心はつよく受けつがれてきたのではないか。ちなみにつけ加えれば、長谷川伸は伊賀越えの仇討の右に引いた場面を書きついでいるとき、当時はまだ戦国の世の武士の気風がのこっていたといっている。その気風を千葉流の言葉におきかえていえば、ヒトと野獣とのたたかいにおける猟人の気風、ということになるだろう。千葉徳爾氏はそうした伝統を「民俗としての武士道」といって、狩猟伝承の重要性に注意を喚起したのである。

このような猟人たちの気風に、早い時期から気づいていたのが柳田国男であった。かれは「山立と山臥」という文章のなかで、修験や山伏といった山中生活を送る人間たちの世界をとりあげていた。その柳田の『遠野物語増補版』に、こんな話がでてくる。――ある山中で男が一匹の迷い猫を傷つけた。しかし、猫は半殺しにしたままおくと後で祟るから、しっかり息の根を止めておかなければならないと、とどめを刺した。ところが翌朝になって、その猫が近辺で悪い行いをして困っていた大狐の化けたものだったことがわかった。

また千葉氏も、こんな話を伝えている。彼自身が土佐の山中で、獲物一千頭をとって千匹の命を供養する法要を営んだ殺生人《せっしょうにん》(猟師)の老人からきいた話だ。

猪でも山鳥でも十分に命中するようにねらって一発でしとめなくてはいかぬ。いいかげんに撃って斃《たお》れた場所がわからず、また負傷させたまま取り逃がすようでは殺生人の資格がない。そのような撃ちかたをすると獲物は負傷して逃げて、結局は人の知らぬ場所で死んで腐るから、何の役にも立たず無駄な命を捨てる。生きものを長く苦しませて全くの無駄死にをさせるのは、殺生する資格のない者だ。近ごろのハンターという者にはこれが多い。

（『たたかいの原像』、一九頁）

千葉氏はもう一つ、野獣とのたたかいについて重要な指摘をしている。――一般に欧米の社会では、ヒトと他の動物のあいだにきびしい一線をひいている。それにたいしてわれわれ日本人のあいだではヒトにも獣にも霊魂があって、両者は場合によってはたがいに入れ替わり得るほどによく似ているとみなされている。だから、時と場合によっては言葉が通じ、意志も通わせることができると考える。

九州の猟師たちがイノシシを狩る相談で、明日の狩場の地名を口にすることを忌むのは、屋根裏でネズミが聞いていてイノシシに教えて逃げさせると考えているためであり、秋田マタギたちが山中の野獣に対しサルをシネ、クマをイタヅなどと山言葉で呼ぶのも、そのものの本名を呼ぶと相手がどこかで耳にして警戒するとしていたからである。もし、そうでないというなら、何のためにそのような行為をするのか説明に苦しむのではなかろうか。

（『たたかいの原像』、七二頁）

ヒトとヒトのたたかいの原像が、ヒトと野獣のたたかいに淵源するという千葉仮説の一つの根拠がここにある。

また千葉氏によると、合戦記の白眉は南北朝の戦乱を描いた『太平記』ではないかという。この合戦記録には虚実おりまぜた情報が満載されているが、誰の目にも異様な光景に映るのが、つぎのような場面である。たたかいに敗れた場合、全軍の一族郎党数百人がすべて自害してはてているというのがそれである。

たとえば、巻第九の「越後守《えちごのかみ》仲時《なかとき》已下《いげ》自害事《じがいのこと》」。——六波羅探題越後守仲時は、京都の合戦に敗れて鎌倉におもむく途中、南朝方の軍勢に包囲され、ついに近江国番場宿の地蔵堂で一族郎党四百三十二人が自害し全滅している。ちなみに『群書類従』（第二十九輯）にのせる「近江国番場宿蓮華寺過去帳」によると、このときの自害者は四百三十□人だったとしてその名を列記している。その記述から推測すれば『太平記』の記述が過大であったとは思えない。おそらくその現場には地蔵堂を守る時衆などの聖《ひじり》がいて立ち会っていたのであろう、という。

なぜ、このような大量自害の作法が発生したのか。千葉氏はそれに答えて、つぎのようにいっている。たたかいの原則は、あくまでも双方が対等の武器と対等の人数でたたかうところにある。そのたたかいの原像がヒトと野獣との対等のたたかいの延長線上にあることはいうまでもないが、そのため全力をあげて相手を倒そうとするのであり、そのさいの互いの心がまえとしては、どこまでも負けない、敗者としては死なないということにあった。しかしそうではあっても衆寡敵せず、いやおうなしに「負ける」ときがある。しかしこれは、たたかう意志ある者にとっては厭うべき行為であり、耐えがたい行為である。こうして千葉氏は最後に、こういっているのである。

そのような場合の手段として自己の意志を満足させる手段はただ一つしかない。敵と刺し違えることすらできないのだから、自分の身体を敵の代わりに刺し、あるいは切り裂いてその敵を倒そうという思いをはらし、同時にそれによって負けないで自らの生命を絶つ、これしかないのである。つまり自害するという方法しかない。いいかえれば、敵を破壊し得ない代償として自己を破壊して気持をはらすことになる。（『たたかいの原像』、一一四―一一五頁）

ここには、ヒトと野獣のたたかいがヒトとヒトのたたかいへと昇華していくときに生ずる、ジレンマにみちた心情が告白されている。

第十章　義理と人情

親分と子分

前章では、日本人にとって「たたかい」とは何であったかについて考えてみた。長谷川伸の作品にあらわれる仇討と捕虜のテーマが、まさに「たたかい」というしかない修羅場や舞台を通して追究されていたからだった。長谷川作品で重要な主題をなす任俠やごろつき、博徒の世界、すなわちアウトローの人生においても、いってみれば野性むきだしの「たたかい」が印象的に描きだされるのがつねだったからだ。

が、その長谷川伸によってとりあげられるさまざまな「たたかい」の現場では、むろんただ野放図に、みさかいのない暴力の発現という形でそれがくりひろげられていたわけではない。ある一つの理念的ともいうべき筋道が立っていたように思う。任俠とも義俠ともいう、それがなくては共同体がそもそも成り立たないような理念的な価値観、といってもいい。あえていえばリーダーシップ的な規律の感覚である。

参考のために、『親分病』という一風変ったタイトルの短篇をとりあげて考えてみよう。大正十五年（一九二六）五月に至玄社から刊行された短篇集『弱い奴強い奴』に収められている。とぼけた味をきかせた、親分になりきれないで死んでいく男の話だ。「弱い奴強い奴」、また「親分病」といった言葉遣いにも作者の人間観がにじみでている。

舞台は群馬県群馬郡……と書けば、読者にはおよその土地勘がはたらくだろう。作者ものっけからそう記し、「やはり上州長脇差の余風のあった土地柄」におこったことで、こんな話があったのだといって語りだす。

そのS村に新しく駐在巡査として赴任してきたのが山路善平という、その名が示すような温和な人物。かつて代用教員をしていたとの噂もあり、村人に好評を博していたが、ただ博打についてだけは極端に憎み、赴任以来、賭場へはたびたび踏みこんだ。けれども現行犯逮捕などは一度もしたことがない、いつも「御用だ」といいながら逃がしていた。だから賭博を捨てかねている男たちもこの巡査を徳としていた。であるのに、まことに意外なことにこの山路巡査はある賭場に踏みこんだとき、どさくさにまぎれて惨殺されてしまう。

巡査の五尺二寸あまりのからだには四十七カ所の負傷があり、川岸の草むらを染めて即死していた。下手人が誰であるかはおよそ見当がついていたのであるが、一人としてそれを口にする村人はいなかった。もしもその疑いを漏らしたら、この村のどの一家にも累が及ぶからだった。けれども嫌疑が賭博常習者にかけられているのは誰の目にも明らかだった。

この村には、親分まがいの者が二人いた。一人が大前田一家の盃をもらっているという噂の洲端酉松《すばたとりまつ》、もう一人は放蕩無頼で油断のならない男とされていた熊倉九次郎《きゅうじろう》。酉松の方は村のためにいつも率先して働き、任侠の風もあるということで誰も下手人とは思っていない。それで巡査殺しはどうも熊倉九次郎だろうと誰もが思っていた。

四日目になって、その九次郎が捕えられた。しばらくして五人の村人たちが警察署への出頭を命じられる。事件には複数の人間がかかわっていることがうすうす知られていたから、村中が不安に脅かされるようになった。

そのときになってさきの酉松が五人の前にあらわれて、下手人は熊倉九次郎でも誰でもない、自分であると言い張る。嫌疑をかけられても仕方のない状況におかれていた五人はびっくりし、胸をなでおろす。このとき洲端酉松が吐いた啖呵がつぎのようなものだった。

長い短いは申しませんでござんす、今度の一件は一切手前に任せてくださいい、ケチな野郎でござんすが、これでも男一匹酉松は赤い血の持合せがたんとある男でござんす。

(『長谷川伸全集』第十三巻、二一六頁)

巡査殺しの真犯人は博徒洲端西松ときまって裁判がはじまった。S村は全部の戸主が捺印して、西松の減刑嘆願書を出した。そればかりでなく、公判のつど、弁当持参の村人三十人五十人が裁判所に押しかける。村人の同情が集まったのだ。けれども現場検証でたくさんの矛盾があるにもかかわらず、西松は予審以来、「短刀で斬りました」といいつづけた。

明治三十四年（一九〇一）二月、西松は死刑の判決をうけた。大前田一家のあいだで、西松の義侠心が男の手本として喧伝されるようになる。はじめ死刑の判決をきいて眼が眩みそうになった西松も、いつしか親分の値打のある男として面目を保っていくのが一種の慰めになっていた。

控訴棄却の判決をうけ、弁護士が上告し上告審がはじまった。が、それを機に西松の苦悩がはじまる。弁護士に「強いて死刑を望むのは罪悪だ」といわれたからだった。本当のことをいわなければならないと思うようになり、被告席でそのことを口走る。しかし最後になって迷いに迷い、それも撤回し、

間違いです、手前の浅はかから、命欲しさから、ひ、卑怯な根性が、き、き、萌《きざ》したのでございます。

（『長谷川伸全集』第十三巻、二二三頁）

という。最後の判決は上告棄却であった。

万事の終りは明治三十六年三月十三日にきた。酉松は大変にやつれていたが、従容として絞首台に起って、執行の前三秒ばかりのとき、酉松はわざとらしくエヘンとから咳をせいた――十三分で事は終った。

（『長谷川伸全集』第十三巻、一二四頁）

作者はそう記して筆をおいている。

洲端酉松は侠客をめざす博徒だったが、何とか村人のためになろうと心をくだいている。巡査殺しの罪を一身に背負って男をあげようとも思っている。けれどもつい心と言葉が背き合い、臆病風に吹かれ、そのたびに「男を立てる修業」がゆらぐ。その酉松の心の揺れを皮肉って、作者は「親分病」などというタイトルをつけたのだろう。じっさいに上州でおこった事件だっただけに、この「親分病」には実感がこもっている。親分風を吹かしたい酉松の「親分病」に、作者も人間的な共感を寄せている。

親分まがいの男が、それでも何とかほんものの親分になろうとして「男を立てる修業」をしている。その博徒の生き方が生き生きと描かれているのであるが、このような「親分」の世界については、長谷川伸はこれまでにのべてきたように子どものころから切実な体験と見聞を重ねてきている。

氏の父親はもともと横浜で土木請負業を営んでいた。その父が事業に失敗してからは横浜ドックの工事請負人の小僧をしたり、土木現場ではたらいたりして人生の辛酸をなめつくした。父の店が盛んだったころは、その店には旅から旅の土工が出入りし、そのなかには博打うちもいた。その土工のことを「西行」といったりして、かれらのあいだにはまだ仁義の世界が生きていた。「男を立てる修業」が生きていたのである。男を磨く修業といってもいいだろう。そのような土工たちが生きていくうえでどのような「たたかい」を身に引きうけようとしていたか、のちに書かれる『沓掛時次郎』や『一本刀土俵入』を読めばわかるだろう。

「親分」というものの存在が、そのような長谷川伸の歩んだ人生の背後からしだいに浮かびあがってくる。氏はそのような特異な人生経験のなかで、多くの「親分」まがい、「親分病」患者をじっさいにみてきたのであろう。そしてその「親分」まがい、「親分病」患者を含めて多くの「親分」たちが、氏の書く小説の主人公になっていった。

「親分」とは何か。あえていえば、どのような重荷を担って生きる人間たちだったのか。少々大袈裟にいえばそういうことにならないか。それはもしかすると、この日本列島の村々のなかで生死をともにしてきた人々にとって、「親分」とはそもそも何だったのかという問いに通ずる問題かもしれない。

親分という存在がいわゆる子分と不可分の関係にあることは誰でも知っている。それが武士社会における主従の関係、封建時代における親分子分の関係を指すものとされたこともいうまでもない。もう一つ、親分・子分というときのオヤ（親）とコ（子）が、かならずしも血縁にもとづく関係だけを指すのではなかったことにも注意しなければならない。

これらの問題について、早い時期に興味ぶかい考察をおこなったのが柳田国男だった。かれは昭和十年（一九三五）二月、『岩波講座日本歴史』のために「国史と民俗学」なるタイトルで長文の論考を寄せているが、その末尾の章に「道徳律の進化」（八）と「義理人情」（九）という項目があらわれる。昭和十年といえば長谷川伸がちょうど『荒木又右衛門』の仕事をはじめようかという時期にあたっている。柳田のこの論考はのち昭和十九年になって、『国史と民俗学』の書名で六人社から刊行された。

この書名からもわかるように、このころ柳田はそれまでの「国史」が観念的な偏向に堕しているることを批判し、新しい「国史」の展望を開かなければならないと力説している。その熱気が今読んでも伝わってくるような文章である。民俗的な伝説が今や歴史の根幹を揺がすにいたっているにもかかわらず、双方がともに成長していく学問がまだ生れてはいないといって、つぎのような話をもちだしている。

むかし、ある田舎の男が親を殺した。召捕えて問いつめると、昂然と面をあげて罪に伏しない。自分の親を自分で殺すのがなぜ悪いかと反論してきた。そこで刑をしばらく延期して、獄中で『大学』とか『孝経』とかを三年教えた。そうするとはじめて翻然として悔悟し、自分からすすんで甘んじて刑をうけたという。

柳田はいう。「書物」の害は「伝説」よりもひどい。このように物騒な人生観を抱く者がもしいたとすれば、われわれの社会が今日まで存続しているはずがない。漢字を使用して国語を改変した結果が、そんな作り話を生んだのではないか。このような浅薄な精神文化研究に多くの史学者が感染してしまっているのは嘆かわしいかぎりだと。それにたいしてわれわれの村落社会が生きつづけたのは、「郷党の同化力」があったからであり、配偶の選定、村の制裁、合意形成など、要するに村の「道徳律」が息づいていたからである、と。

さらにいう。われわれの郷党社会、郷党教育においては、たしかに「人を殺すな」「盗むな」というたぐいの大文字の箇条書きなどはなかった。なぜなら日常生活のなかでは、「骨惜み」と「身勝手」を嘲り憎み、「臆病」や「間抜け」を口汚く笑う規律ができあがっていた。それにたいして「機敏で注意深くて衆の為に身を労し」、「勇敢に任務を断行し得る」者を「よき若者」とみとめていたのであって、そのほかに漢字で記されたどんな道徳律も必要はなかったのである……。この柳田国男の道徳感覚は、おそらく当時の長谷川伸も共感し賛同するものだったのではないだろうか。

こうして柳田はつぎの「義理人情」の問題に入っていく。村落共同体における根本的な「道徳律」の核心がそこにあったとみているのである。「義理」はもともと漢語（儒教）の「義」とは異なった、いわば和製漢語で、「義理固い」と用いる。それにたいして「人情」は和製ではないが、しばしば義理と連繋して唱えられ、「人情が篤い」と用いられた。

この二つの語を日本人がどのような意味にとって使っていたか、それは現実生活の用例にもとづくほかはないといって親分・子分のテーマに入っていく。義理人情の議論の中心がそこにあるとねらいを定めていたのだ。

親分・子分の原形の一つがオヤとコにあることは誰でも思いつく、と柳田はいう。「オヤ」に親という漢字を宛てたのはかなり古いけれども、その宛て方が当っていたかどうかは疑問である。「コ」という単語も古いが、しかしそれは今日われわれの用いる「子」よりははるかに広く、「一切の労働する者」を包括していた。「オヤ」の場合も同じで、それは今日いう骨肉の父母親子の領分をはるかにこえて、「すべての敬《うや》まひ又礼《いや》すべき長者」を意味していたかもしれぬと指摘している。論より証拠、骨肉の親子の場合は、ウミの子、ウミの親と一々ことわって限定的に使っているではないか。

そのような民俗社会の慣行を考えるとき、われわれは義理の兄弟、義理の親子という形容語がこの国に広く用いられてきたことに気がつく。そこでいう「義理」は「仁義礼智信」における漢語の「義」、『孝経』とか『大学』に出てくる「義」とはまるで違うものだ。

そのような義理の親子関係についていえば、まず中古以来の「猶子《ゆうし》」「聟養子《むこようし》」「跡取養子」などをあげることができる。元服のとき、生みの親がわが子のために選定する烏帽子親、フンドシ親、ヘコ親などもそうだ。女子の場合は鉄漿《カネ》親にたいしてカナ娘、筆娘などといった。またハネ親などといって、これは男女双方の「親分」にあてていた。

また若者宿や娘宿の制度もみのがすことができない。そこではつとに「宿親」が定まっていて、これはたくさんある義理の親のなかでももっとも古い起原をもつ重要な親だった。そこから宿兄弟という言葉も生れ、性教育から配偶者の選び方にいたる宿親宿子の関係もつくられたのである。

面白いのは、このような「親分」にたいする「子分」の義理はときに生みの親の場合より大切といわれ、あの世に行ってからもともに住む「親」だ、とされた土地もあったということだ。義理の親子の縁とは、その「子」の末々までを見とどけるということだった。生まれた「子」をあくまでも人間として存在させること、すなわち「生存権の支持」という責務を背負うことだったのだ。

柳田国男はそれがそもそも「オヤ」と「コ」の関係を律する基本的な考え方だったのだといって、最後をつぎのようにしめくくっている。

是等の親々が義理としてその子に期待するものは、必ずしも財物労務の奉仕では無かつた。死ぬ日に枕元に来、野に伴して行くだけで無く、婚姻その他の一生の大事にも、同意を求め参列を乞ひに来なかつたら、やはり義理に欠けたことになるのである。固よりそれだけの親しみがある故に、作業の協力や活計の援助も求められたのであらうが、それが目的で結んだ関係で無いことだけはたしかである。日本人の義理の少なくとも一部分は、斯ういふ固有の一つの旧慣の上に打立てられたる約束であつた。他国の経義によつて説明の出来ぬのも已むを得ないことである。

（『柳田國男全集』第十四巻、筑摩書房、一九九八年、一二三頁）

柳田のいう「義理」が、読みすすむにつれ日本人の「人情」の基盤をなし、その人情の発現と不即不離の関係にあるということがしだいにわかってくるだろう。「オヤ」と「コ」のあいだに横たわる親密な人間関係、その独自の規律の姿が浮かびあがってくる。そのような人間の関係がすでに喪われてしまっているわれわれの目からすれば、柳田の描きだす「郷党の同化力」というものがいかに切実な意味をもつものであったかがわかるのである。

師弟関係

長谷川伸には、いまなおかれを師とも親とも慕う人々が多い。門下生、門弟と称する人々である。いまも活躍をつづけている作家やジャーナリストも一、二にとどまらない。

師とも仰ぎ親とも慕うといえば、いささか月並みないい方のようにも思えるけれども、けっしてそうではない。心底そう思っている人、思いつづけている人々がいるからだ。

そのように慕われた人物は、戦前においても珍しいことだったのではないだろうか。ましていわんや戦後から今日にかけて、そのような人間にお目にかかることはますますすくなくなってしまった。

長谷川伸を追慕する門下生で作家として活躍した人物の名を挙げると、ただちに池波正太郎、村上元三、山手樹一郎、山岡荘八、戸川幸夫、平岩弓枝などが思い浮かぶ。いずれも長谷川文学学校の錚々たる門下生である。そしてその裾野をたずねていけば、文学界はもちろん映画界、演劇界へとひろがっていく。

衣笠貞之助、稲垣浩、マキノ雅弘、加藤泰、山下耕作らの監督が、競って長谷川作品を映画にしたのもその世界に魅せられたからであるのはもちろん、長谷川伸という人間を師のごとく親のごとく慕う気持を抑えきれなかったからであるにちがいない。

門下生の一人である作家の棟田博氏が、こんな思い出を語っている。長谷川伸の人柄を知る上で、これ以上のエピソードはないのではないだろうか。

棟田博氏は昭和十三年の春、中国の山東省の戦場にいて歩兵伍長だった。ある日、氏の所属する中隊に、先遣決死隊の使命を果たせとの命令が下る。そのとき別れの手紙を二通だけ書くことを許された。氏は三十年に満たない人生をふり返り、二人を選んで手紙を書く。一人は「おふくろ」、いま一人が「長谷川伸先生」、ためらいはなかった。

「おふくろ」には、ただ元気でやっているとしか書かなかった。しかし長谷川伸の方はまだ「未見の人」だった。心の師と慕いながら、手紙を出し返事をもらう間柄でしかなかったのである。ただ、出征のため内地を出発したときに、「先生」から寄せ書の日の丸を送ってもらっていた。それでその袂別《べいべつ》の手紙には、「その旗を腹に巻いて、只今出発の途につきます」と書いた。

数カ月後、棟田氏は武運つよく負傷して内地送還となる。その翌年の夏になって、ようやく師との念願の出会いがかなう。そのときは、「とても上機嫌」の先生の姿に接しただけであったが、ずうっと後日になって、他人の口を通してつぎのことを知らされた。長谷川伸は、棟田氏の送った、さきの袂別の手紙をシャツの下に入れ、ずうっと肌身はなさず身につけていたのだ、と。

そして、つぎのように書いている。


さて。ぼく自身のことはともかく、あとあとになってから、しみじみわかってくるのだが、先生はわれわれに教えるに智をもってせず、なにごとにあれ、身をもって垂範されようとしておられたことである。どのような範かといえば、それは純乎たる日本人の生き方ということであったと思う。

（棟田博「純乎たる日本人」、『長谷川伸全集』付録月報No.13）


長谷川伸の生き方のなかに「純乎たる日本人」の姿をみたのは、むろん棟田博氏だけではなかった。長谷川伸の家に集ってその謦咳《けいがい》に接しようとする門弟たち、自称門下生たちによって、それはひとしく共有される濃密な感情であったようだ。

そこから、その師を中心とする勉強会がはじまる。それがしだいに研究会へと発展し、親密なセクトとでも称していいような仲間をつくりあげていった。師と弟子たちによるコミュニティーづくりといってもいい。見方によってはそこに、「オヤ」と「コ」の関係とも見紛うような信頼集団の雰囲気がただようことにもなった。

長谷川伸は戦前から、新人たちのために小説・演劇の研究グループをつくり、勉強会をつづけるようになっていた。自宅を月一回開放し、指導していた。その勉強会には「二十六日会」とか「新鷹会《しんようかい》」「冬夏会」などの名称がつけられていた。

なかでも長つづきしたのが「新鷹会」である。この組織は、長谷川伸の作品の著作権を含む全遺産を継承して今日まで維持運営されているが、それも長谷川自身の遺志によるものだった。その「新鷹会」の編集発行による雑誌が『大衆文芸』だった。

この『大衆文芸』の創刊が大正十五年一月のことで、昭和二年七月まで十九号が発行されている。この第一次の『大衆文芸』に参加した作家は、長谷川伸をはじめ白井喬二《しらいきょうじ》、矢田挿雲《やだそううん》、平山蘆江《ろこう》、直木三十五、土師《はじ》清二、江戸川乱歩など十一名だった。

いったん中絶したあと、昭和六年になって第二次の『大衆文芸』が発刊されたが、これも第六号で中断。その後十年近く経って、昭和十四年三月に、しきり直しをして第三次『大衆文芸』が創刊された。長谷川伸の代表作『日本捕虜志』が発表されるのが、以前にのべたようにこの第三次『大衆文芸』だったのである。

この第三次『大衆文芸』の中心的な執筆メンバーになったのが、土師清二を別格として、山手樹一郎、山岡荘八、村上元三、長谷川幸延、棟田博、大林清、河内仙介ら気鋭の新進作家たちだった。長谷川伸を師とも親とも慕う門弟たちであるが、かれらは、長谷川伸を中心に、創作の勉強会を開くことになった。はじめは毎月十五日に集まっていたので「十五日会」と称していたが、やがて会員村上元三の発議を容れて「新鷹会」と改名する。

『大衆文芸』の編集長だった花村奨氏によれば、長谷川伸は研究、指導にあたるだけでなく、経営面のめんどうもみていた。作家として円熟期にあったときに書かれた代表作は、ことごとくこの雑誌に原稿料なしで提供されていたという（花村奨「長谷川先生と雑誌『大衆文芸』」、『長谷川伸全集』付録月報No.9）。

長谷川伸は生前よく、「あたしの持っている物を全部盗んでくれ。芝居を書く術、小説の作り方、一つ残らず盗ってくれ」といい、それが口癖だったという（鹿島孝二「湯河原の写真」、『長谷川伸全集』付録月報No.7）。

作家の大林清が、若手の門弟、村上元三の推挙によって長谷川門下へ「押しかけ入門」をしたときのことだった。昭和十三―十四年のころで、会場は高輪にあった宏荘な長谷川邸である。その劇作研究会はまだ「二十六日会」と称していたが、この会ははじまれば、深更から翌朝にかけて夜を徹するのがつねだった。膝をくずすのも気がひけるほど気合のかかった勉強が、長時間つづく。このようなときでも長谷川伸は「袴を着けて朝まで端然と正坐されていた」という（大林清「天の問い」、『長谷川伸全集』付録月報No.14）。

同じ門下の一人、山岡荘八が師の長谷川を評して、「稀に見る市井の聖者」であるといい、「文人というよりもむしろ宗教家」といった方がよい、と語っているのもうなずける。その上さらに、「先生は所謂ロマンチストではなかった。……七十八歳で私どもに柩を送らせるまで一貫して、ほんとうの愛を求め、愛を行い、愛の紙碑を立てようとして歩み続けた」と書き、「その生涯の何れの時期にも、おのれの生き方に怠惰を許した跡」はみられなかったといっているのである（山岡荘八「市井の聖者」、『長谷川伸全集』付録月報№6）。

また映画監督の衣笠貞之助は、自分は直接の弟子ではないが「自称塾生」だといって長谷川を慕っていたが、このような「自称塾生」はそのほかにもたくさんいたのであろう。面白い話の一つに、『一本刀土俵入』の駒形茂兵衛を演じた役者、俳優が集って「茂兵衛会」というのを催していたというのがある。

その参加者たちはすべてさきの「自称塾生」のようなものだったわけであるが、あるとき一人の俳優がこれまで誰の茂兵衛が一番よかったかと長谷川にきいた。すると「先生は、『今までに、私の描いた茂兵衛にピッタリだったのが一人だけいる。が、その名前は明かさない』」と答えた。これは講談家の六代目一竜斎貞丈が書いているのだが、のちになって先生は、その「一人」を貞丈師匠にだけそっと教えてくれたのだという（一竜斎貞丈「長谷川先生と私の秘密」、『長谷川伸全集』付録月報№11）。

このように「門弟」たちの語るエピソードを読みつつ、その場面場面のイメージを重ねていくと、長谷川伸とその弟子たちのあいだに、ときに師と弟子という枠をこえて親と子の関係にも比すべき感情が流れていることに気づく。そこから浮かび上ってくる濃密な感情はもちろんたんなる血縁や地縁によるのとは質を異にしている。

あえていえば、前節で紹介した柳田国男の「オヤ」と「コ」の関係にもつながるであろう格別の人間関係だったのではないだろうか。そして作家としての長谷川伸は、そのような関係を無意識のうちに自分の作品世界のなかに映しだそうとしていたのではないか、とさえ思われる。柳田のいう、伝統的な社会を内面的に支えていた「郷党の同化力」のようなものが、長谷川伸をめぐる師弟集団のなかにうかがえるのである。

生みの親とか生みの子という、血縁にもとづく親子関係の方がむしろ一時的なものである。それにたいして、たんなる地縁、血縁をこえる「オヤ」と「コ」の多元的なタテ軸の関係のなかに義理人情の規律と心情を溶けこませようとするところに伝統的な民俗社会の特質があった、――それが柳田国男の主張しようとしたことであるが、それは同時に長谷川伸の作品のなかだけではなく、かれを取りまく門弟集団のなかにもみられる特筆すべきモラルであったと思う。

話は変るが、平成二十二年（二〇一〇）は、相撲協会の大騒動で年が明け、年が暮れた。なかでも哀れをさそったのが、野球賭博問題で協会から追放処分を受けた元関脇の貴闘力と現役大関だった琴光喜である。当時、貴闘力が四十二歳、琴光喜が三十四歳で、その若さを思えば声も出ない。

そのうえ貴闘力の場合は、ふるさとの母校に掲げられていた優勝額が引きずりおろされてしまった。かれは平成十二年（二〇〇〇）、幕内下位で奮戦敢闘し、夢にまでみた優勝を手にしたのだった。琴光喜も、同じ屈辱を味わうことになった。母校に飾られていた数々の記念品、その雄姿を映し出す写真のすべてがとりはらわれてしまったからだ。哀れ、というほかはない。

賭博問題の推移が報道されていくなかで、私が思い起こしていたのが、長谷川伸の芝居『一本刀土俵入』だった。同じ作者の『瞼の母』と並ぶ名作で、映画や芝居でくり返し上映、上演されてきたのは周知のことだ。第三章で紹介したが、その話は、ふたたび記すとこんな風に展開していく。

主人公は、関取になるみこみがないと親方に見放された、ふんどしかつぎの駒形茂兵衛。その姿を旅籠屋の二階からたまたまみつけた酌婦のお蔦が、身の上をたずねる。すると茂兵衛は上州の駒形の出で、親兄弟はなく、故郷の母のお墓の前で横綱の土俵入りをしてみせるのが夢だと答える。声をつまらせたお蔦が金子と櫛と簪《かんざし》を与えて励ますと、茂兵衛は泣きながら受けとり、かならず横綱になって恩返しをするといって立ち去る。

じつはそのお蔦には、イカサマ博打で稼ぐ夫、辰三郎と娘のお君がいた。やがて時が移り、今はイカサマがばれて追われている辰三郎が立ち戻り、お蔦、お君と三人、隠れるように身をひそめている家の場面がでてくる。

そこへ、とうに横綱になりそこなった茂兵衛が登場する。親子三人をめぐる悲運の事情を知ったかれは、用心棒になったつもりで家の入り口に棒を下げて立つ。そこへ追っ手たちが殴りこみをかけてくる。茂兵衛は襲いかかる追っ手を角力の技をくりだしてなぎ倒し、親子を逃す。そして、つぎの名台詞をはく。

ああお蔦さん、棒ッ切れを振り廻してする茂兵衛の、これが、十年前に、櫛、簪、巾着ぐるみ、意見を貰った姐《あね》さんに、せめて、見て貰う駒形の、しがねえ姿の、横綱の土俵入りでござんす。

(『長谷川伸全集』第十六巻、三三三頁)

私はこの芝居を、昔、新国劇の島田正吾の茂兵衛役でみたことがあるが、幕切れのこの名台詞が劇場の天井に切なくこだましていたことを覚えている。

そこで、このたびの相撲界の不祥事についてであるが、あらためて考えこんでしまう。教師や保護者たちを含めて、貴闘力の優勝額を引きずり下ろしてしまった大人たちは、その行為を子どもたちにむかっていったいどのように説明したのであろうか。釈明しようとしたのだろうか。それがまったくみえてこないのである。マスメディアにおいても、そのことをとりあげて問題にするようなことはほとんどなかったように思う。優勝するまでの貴闘力は立派で、賭博に手を染めたかれはとたんに悪人に堕ちてしまったのだとでも説明するのであろうか。そんなご都合主義の説明でいまの子どもたちがはたして納得するとでも思っているのだろうか。

長谷川伸の右の作品には、哀れを知る者の心の琴線に触れる細やかな情が、しずかに流れている。この芝居からは、主人公の茂兵衛役を演じた面々が、「茂兵衛会」をつくって師とも親とも慕う長谷川伸の膝下にはせ参じた気持が伝わってくると同時に、茂兵衛という人間にたいする同情と共感の思いがにじみでているのである。

『一本刀土俵入』は、かれの他の同系の作品とともに「股旅物」と呼ばれてきた。その「股旅」というのは辞典などでは、博徒、遊び人が旅をして歩くこと、いわゆる、わらじをはくこと、などと出ている。けれども長谷川伸自身の説明によると、その世界にはもうすこし広がりがあったようだ。「朝日新聞」に掲載した「身辺語録」では、その「股旅物」についてこんなことをいっている(昭和三十七年十一月二十四日)。——この名は自分の戯曲「股旅草鞋」(昭和四年)から出たものだ。明治期の人などが口にしていた、「旅から旅を股にかける」というものからとって、〝股旅〟としたのである。私の知っている限りでは、股旅芸者とか旅芸者というのもそうだった。が、自分のつかった股旅はそれとは違う。男で非生産的で、多くは無学で、孤独で、いばらを背負っていることを知っているものたちである……。

文芸評論家の小松伸六氏は、右の話を紹介してからつぎのように書いている。

股旅物は、本来なら罪人の物語のはずだが、長谷川さんは、それに騎士道風なモラルをおりこめ、巡礼者文学のもつ哀感をただよわすことに成功した昭和吟遊詩人だったともいえるのではないだろうか。もちろんそれらの作品には、やくざの主人公が、もっと悪いヤツを斬りすててしまう武勲詩の爽快さがあることは言うまでもない。

（小松伸六「股旅物断片」、『長谷川伸全集』付録月報No.1）

その長谷川作品に登場する主人公たちは、今日の言葉でいえば、社会から疎外された人、体制から脱落した人間たちであるが、考えようによっては、これらの旅がらすたちはひょうひょうたる自由人であり、なにものにも束縛されない自在人でもあるわけだ、ともいっている。もしも茂兵衛が無学でなくサイコロもふらず、詩学を好む旅がらすであったなら、西行や芭蕉たちの吟遊詩人につながっていくのである、とまで小松氏は持ち上げている。なるほどと思わないわけにはいかないのである。

第十一章　埋もれた人々を掘り出したい

善悪を超えて

長谷川伸は、昭和三十八年（一九六三）、六月十一日十二時三十八分、肺気腫のため東京築地の聖路加病院で逝った。ときに七十九歳だった。遺言により、十一日の午後になって解剖に付されている。

翌十二日の「毎日新聞」夕刊文化面に、氏の「絶筆」と称する文章が載った。その一文は、毎日新聞のもとめに応じ、死の四日前の七日、病床でつづった文章であるという。けれどもこの「絶筆」なる文章は、昭和四十六年三月から四十七年六月にかけて刊行された『長谷川伸全集』全十六巻（朝日新聞社刊）には収録されていない。それはこのあとのべるように口述筆記だった事情によるものと推察されるが、しかしその内容は著者の死生観をあますところなく表現しきっているとともに、その人となりと仕事の全容をみごとに要約しているので、ここに全文を掲げることにする。

「死のうか　生きようか」　　長谷川　伸

三度も死んで、三度この世に引き戻していただき、聖路加病院から、百六日目に、わが家へ帰ることができました。

病院の方々のお力、私の知友の祈りが、あの世へ行くべきものを引き止めてくださったと思います。また未知の方々から、いろいろ親切にしていただいたのがうれしい。

人生とことんまでくると、何か暖かいものがあるのですね。

貧しく、派手なこともせず、人に酒を飲ませたこともない、あたりまえの生活をしてきたのに、知らない人から多くの親切をお受けしました。

どこかで、ゆきずりにめぐり合った方か、あるいは、つたない私の作品を記憶しておられた方かもしれません。思いもかけないことでした。

入院の時は、救急車で運ばれました。大型乗用車を頼んだそうでしたが、無理だったので、平岩弓枝・伊東昌輝夫婦はじめ、私の年下の友人たちが、救急車を思いついてくれ、署長さんが、出動を許可してくださった、とあとで聞きました。

七十才の時にも死にそうになりました。その時は、どうしても死にきれませんでした。書きかけの「日本捕虜志」（昭和三十一年に菊池寛賞を受賞）は、私以外は書けない、と思ったからです。

また、自動車に、ひっかけられた時も、引きずられながら、ああ助かった、と生のみをたしかめました。

しかし、こんどは物すごい病気で、救急車で運ばれた時は、死は時間の問題だったそうです。

入院中は、半分死んで、半分生きているようなものでした。

死にかかっている時は、呼吸も苦しく、もがいていましたから、さぞ苦しいだろうと、はたは同情してくれましたが、本人にとっては、なんでもないことでした。死はらくなことですね。

枕もとで、村上元三、戸川幸夫君らの、私の年下の友人たちが、入院費のことなどを心配してくれる、ささやきが聞こえると、しいんと心が静まりました。

生きたり、死んだりしている時、生きようか、死のうか、考えました。死ぬのは簡単で、生きるのは価値を作り出さなくてはならぬ。ただ生きているだけではつまらないものだ、と思いました。

余生を、魚を釣ったり、鳥の音を聞いているのではつまらない。そんなことではない。私の生きる価値は仕事にある。仕事なくては生きていけない。当座だけ記憶に残るものではいやです。

余生を傾倒させる作品にとりかかりたい。それがなくては、命を、この世に引き戻させてもらったのに、何とも申しわけのないことになります。ことに未知の方々にすまない。えらそうなことをいって、それなら、作品は何か?といわれましても、まだ漠然としています。

仕事をみつけることだ、期するものはあります。おそらく誰も気がつかないでしょう。文化、ということばは、誰も口にします。文化は誰が作ったのか。アメリカ大陸の発見、フランス革命、イギリスと香港、そうした大事業の実験は、本当は誰がやったのか。

日本史をみても、それがいえます。日本人のえらさを日本人は知らなすぎます。埋もれた人々を掘り出したい。誤解された人物を正しく見たい。

さいわい日ごとに回復しています。人生に対する作家の義務を果したい。それのみをねがっています。まだ七十九才、じっくり想をねり、人々の魂に何かを与える紙碑を残したいと思います。＝六月七日、聖路加病院の病床で。

この絶筆「死のうか　生きようか」は、原稿上では、最後に（談）と記されていることから、病床で話されたことを筆記したものだった。すでに死を覚悟しており、看護婦の制止もきかず、苦しい呼吸の下で、四十分間も話しつづけたという。

「生きる価値は仕事だった、生きているだけではつまらぬ」

といったときは、そばにいた村上元三、戸川幸夫、平岩弓枝、山岡荘八の諸氏は、ワッと泣いた、と筆記者は付記している。

じつは私がこの長谷川伸の絶筆「死のうか　生きようか」とめぐり合うことになったのは、思いもかけない僥倖に恵まれたからだった。

たしか平成十九年のことだったが、知りあいの市民グループ（岩国市・水西倶楽部）が、京都の老舗古書店「思文閣」でみつけたからといって、長谷川伸関係の資料一式をプレゼントしてくれたのである。講演などで長谷川伸のことをときどき語っていたからだったと思う。

それは、三つに分けて綴じられた二百字詰め原稿用紙の束と、一枚の新聞記事のコピーだった。その原稿のうち、ひとつは九枚綴じの原稿用紙の一枚目に「死のうか　生きようか」と題が付され、他の二つは無題のエッセイで、原稿用紙三枚と、同じく八枚に分けて綴じられていた。

新聞記事の方は、さきに記したように昭和三十八年六月十二日付の毎日新聞夕刊文化面で、「絶筆」と銘打たれた「死のうか　生きようか」の文章が長谷川伸の署名入りで大きく掲載されているものだった。

私はこの珍しい資料一式をしばらくのあいだ手元においていたが、そのうち忘れてしまった。ところが平成二十年の暮のことだったと思う。東海教育研究所から刊行されている月刊『望星』の編集長、岡村隆さんがやってきて、こんど長谷川伸の特集を組みたいのでインタビューに応じてくれないかという申し出をうけた。そのとき例の資料一式のことを思いだしたのだった。

じつはその資料の三つの文章のうち、最初の「絶筆」は、市販のコクヨの原稿用紙に書かれ、二つのエッセイは、それとは違う筆跡で毎日新聞中部本社（名古屋）の原稿用紙に書かれており、一方の最後に（寿）という一文字署名があるだけで、それを記述したのが誰であるかがわからない。資料が市場に流出した背景もわからなければ、「絶筆」口述筆記者の行方もしれない。

そこにのこされている文章からわかったことは、長谷川伸の亡くなる四日前に「絶筆」の口述がなされたこと、死の前日に原稿が長谷川伸本人から承認されて、死の翌日の新聞夕刊に掲載されたということだった。そして、わからないことの筆頭は、やはり書いた記者のことであった。

『望星』誌の岡村隆さんによる探索がはじまった。「絶筆」を聞き書きした記者は誰だったのか。その結果、つぎのようなことが判明したのである。「絶筆」の文中にも名がでてくるが、かつて長谷川伸が主宰した勉強会で、死後も財団法人としてつづいている「新鷹会」の伊東昌輝さん（平岩弓枝さんの夫君）に問い合わせると、その記者は、新鷹会にも属していた「木本正次さん」という人に間違いないという。この人は直木賞候補にもなったことがあり、あの有名な映画『黒部の太陽』の原作者でもあった。

長谷川伸が亡くなる直前、夫人の平岩弓枝さんとともに師に付き添っていた伊東昌輝さんは、当時毎日新聞に勤めていた木本正次さんがこの「絶筆」の聞きとりをした日のことも、その取材の時間が四十分ほどであったことなども、はっきり覚えておられた。

そして、木本さんが書き取った長谷川伸の言葉も、内容はその通りに違いなく、これを長谷川伸の「遺言」として、あらためて『望星』誌上に掲載することを了承されたのである（長谷川伸の著作権は新鷹会が継承している）。

以上が岡村さんの努力によって明らかにされた顛末である。もちろん「絶筆」の原稿が、新聞社のではない市販の原稿用紙に書かれていることなど、いくつかの謎はのこされているものの、いずれにしても木本正次さんがこれらの「文章の作者」であることがわかったのである。それらのいきさつが、長谷川伸の「遺言」といってもいい絶筆の文章とともに、岡村隆さんによる「長谷川伸の『絶筆』をめぐるミステリー」のなかで明らかにされているので、参照していただければありがたい（『望星』二〇〇九年二月号、東海教育研究所）。

長谷川伸が遺言を託すような気持で最後の口述をしたとき、生を終えるそのときまでいかに仕事に打ちこんでいたか、それがこちらの胸にしずかに伝わってくる。「私の生きる価値は仕事にある」「仕事なくては生きていけない」「余生を傾倒させる作品にとりかかりたい」と言葉を継いでいるところに、その思いがにじみでている。「ただ生きているだけではつまらない」といわずにはいられない。そして最後に、

埋もれた人々を掘り出したい。

誤解された人物を正しく見たい。

と語り、「人々の魂に何かを与える紙碑を残したいと思います」といって口を閉じているのである。それが看護婦の制止もきかず、苦しい呼吸の下で語りつづけた四十分間だった。長谷川伸の人生と仕事をあらためてふり返るとき、そのすべてがこの最後の数行の言葉のうちに凝縮され、告白されていることがわかる。最初期の仕事から晩年の大作にいたるまで、その作家としての生き方は一貫していてすこしもぶれることがなかった。

それにしても、「日本人のえらさを日本人は知らなすぎます」の述懐が、いまさらのように胸をうつ。そのことをいいつづけ書きつづけ、それでもなお足りずに、最後の最後の病床でもいわずにはいられなかった長谷川伸の思いの深さが伝わってくる。その悔しい、無念の思いが伝わってくるのである。

あらためて強調しておかなければならないことであるが、長谷川伸の小説や芝居に登場する主人公で、勧善懲悪に染まっているような人間はひとりもいない。そこのところが、しばしば

誤解されやすいところなのであるが、大衆的な人気を博する時代小説や歴史物などとは根本的に違っている。それは氏の股旅物であろうと仇討物であろうと変らない。たんに善を勧め悪を懲らす、といったような大衆道徳と、長谷川伸の人間観は何の関係もないということだ。

だからその作品の舞台には、絵に描いたような善人やきわめつきの悪人などははじめから姿をあらわさない。人間をみる目がそれだけ厳しいともいえるが、反面で無類の優しさをにじませることにもなる。人間を観察するとき、たしかな目測によって、いつも距離をおいている。だからときには冷たくつき放すようなところがある。こころの臓腑をつかみだす。けれども、一見矛盾するようないい方にはなるけれども、そのためかえって溜めに溜めていた人情が堰を切ったようにあふれでる。

その場面では勧善懲悪どころか、そもそも善悪の敷居をこえてしまっている。善悪の彼岸、といったいい方があるが、それに近い。それではその善悪の彼岸とは、長谷川伸にとってはいったいどのような「彼岸」だったのだろうか。

それは無の彼岸、虚無《こむ》の彼岸だったのではないだろうか。それが氏の描く主人公たちの往く道であったのだが、同時にかれらがいつも背負っていなければならない重荷だったような気もする。運命だったといいかえることができるかもしれない。誤解をおそれずにいえば、背負うほかはない人間の業である。

長谷川伸自身、ときにそのような意味のことを口にすることがあった。たとえば前にもふれたことであるが、名作『瞼の母』の最後の大詰の舞台が思い浮ぶ。せっかく巡りあえた生みの母親から愛想づかしをされて、そのまま後髪を引かれるように番場の忠太郎が立ち去る場面だ。無言のまま舞台を去る忠太郎の所作にト書して、作者は「虚無」の心になって寄ってゆく、と演出の指示をだしていたのである。

もちろん、それだけにとどまらない。氏の小説や芝居にあらわれる主人公たちは、ときに無に立ち上り、無に座っているようなところがあることに気づく。善悪をこえた彼岸に歩み去っていくのであるから、そのような、いわば無の気配が立ちのぼるのかもしれない。ふつうの世間の目から眺めればたんに未知の世界というほかはないかもしれないけれども、ふとそこに、高貴なニヒリズムといってもいいような香りがただようのである。あるいは、無に寄り添うヒューマニズム、といってもいい。その点が、たとえば同時代の吉川英治や大仏次郎のロマン小説とは根本的に違うところではないだろうか。あえていえば山本周五郎や司馬遼太郎の作品にみられる向日性のヒューマニズムとも性格を異にしていると思う。

吉川英治の描く「宮本武蔵」と長谷川伸が心血を注いだ「荒木又右衛門」の人間像をくらべてみれば、そのことがただちにわかる。大仏次郎の「鞍馬天狗」、山本周五郎の「原田甲斐」(『樅ノ木は残った』)、司馬遼太郎の「坂本龍馬」(『竜馬がゆく』)……みなそうではないか。

何も「荒木又右衛門」の場合だけではない。氏の『日本敵討ち異相』にでてくる主人公たちの立居振舞、出所進退をみつめればみつめるほど、かれらがいつしか無の淵に立ち、虚無の彼岸にむかって歩いていく姿が浮かび上ってくる。その背中に無の気配が立ちのぼってくるのである。

寂寥の中にひとり立つ日本人――それが、ひと知れず心をくだいて長谷川伸が描こうとしていた「埋もれた日本人」たちの、もう一つの肖像だったのではないだろうか。

あとがき

私は戦後になってまもなく、長谷川伸の作品を読み、いつのまにか気まぐれなファンになっていた。心惹かれるものを感じながら、しかしそれ以上の読者にならなかったのだが、それは戦後という時代が長谷川伸という作家を冷遇したからだった。そのことについては「まえがき」にも触れておいたが、長谷川伸は、戦後になって一時的に忘れられた作家だった。いや、忘れられた日本人だった、といっていいだろう。その忘恩といってもいいような忘却のなかで、われわれは今日、われわれ自身のもっとも大切な遺産の一つを喪なってしまっていると思わないわけにはいかない。

私が長谷川伸という作家の凄さにあらためて目を開かれたのは、佐藤忠男氏のすぐれた『長谷川伸論』を読んだときだった。そのときに覚えた胸騒ぎと興奮はいまでも忘れることができない。この本は一九七五年（昭和五十）に中央公論社から出版されているが、その和紙でつくられた藍色のカバーの手ざわりが、そのままの姿で日本人の情感を浮かびあがらせているようだった。

この佐藤忠男氏の作品に私は多くのことを教えられ、本書でもずいぶん使わせていただいたが、巻末近くのところで、つぎのように論じているところがとくに記憶にのこっていて、それがいつまでもこころのうちに響きわたっていた。すこし長い引用になるけれども、ぜひとも紹介しておきたい。

長谷川伸は、崩壊家庭の出身者として幼いときから辛酸をなめながら、そのことに対して一言も不満を言っていない。ただ、戯曲『瞼の母』の番場の忠太郎のセリフをつうじて、自分を捨てた親への怨みつらみを述べているかのようであり、そういう気持が彼にまったくなかったわけでもないらしいことが、そこからうかがい知れるのであるが、それ以外、直接的なかたちでは決して親に不平を言っていない。……（中略）

家族を深く愛しながら、ついに家族の縁の薄かった彼は、家族的な人間関係を理想化し、赤の他人同士が肉親以上の固い情愛で結びつくとされるやくざの親分子分や兄弟分、夫婦愛などを強調した。私は、ほんとの肉親より、赤の他人同士こそがひたぶるに慕い合うというところにこそ、まさに、近代日本で孝という美徳のおかれた皮肉な位置の反映があったのだと思う。真に孝子でありたい者が、まともなかたちでその志をとげることができないのである。

（佐藤忠男『長谷川伸論』、三三二頁）

ここには、戦後日本における人間関係のゆがみの根元が鋭く語られている。「教育勅語」廃止後の近代日本では、孝という旧来の美徳が真顔では語れないシラケたものになり、やくざ物語という、うさんくさい形式においてやっと奇妙なリアリティーを保ち得たということなのではないか、と佐藤氏はいっている。

佐藤氏のいうとおり、今日、夏目漱石の文学を分析して近代日本人の内的葛藤を考察する書物はゆうに百冊をこえているだろう。もしもそうであるなら、長谷川伸を通して同じ主題を正面からとりあげる本が一冊ぐらいあってもおかしくないはずだ、と佐藤氏はその激しい思いを吐露している。私が長谷川伸について書いてみようと思い立ったのも、このような氏の志をわずかでも継ごうと思ったからにほかならない。

本書は、新潮社のPR雑誌『波』の二〇一〇年一月号から翌十一年の六月号にかけて連載したものであるが、連載の終盤近くなって世界的な大事件が発生した。突然、オサマ・ビンラディン暗殺、のニュースがとびこんできたのである。

復讐は、忘れたころにやってくる。国際的な舞台で、怨念の連鎖がその消えることのないマグマを抱えたまま、思わぬところに飛び火したと思ったのだ。そしてそのとき、ほとんど同時に長谷川伸の仕事が蘇った。その「敵討ち」の仕事がひらめいたのである。

ときは、ことし二〇一一年、五月二日。パキスタンのアボタバードで、アルカイダのオサマ・ビンラディン容疑者が、アメリカ軍の特殊部隊によって急襲され、殺害されたというニュースをきいたとき、復讐は忘れたころやってくる、怨念の連鎖は地にもぐってでも、ふたたび時をへて噴きだしてくる、そう思ったのである。あのアメリカ本土の心臓部を襲った二〇〇一年、九月十一日の悲劇から、十年の年月を経たあとの復讐劇だったことがわかる。わが国でも赤穂の浪士たちは、江戸町人たちが忘れかけたころになってようやく吉良上野介の首をはねているではないか。

そのビンラディンが暗殺されたとき、オバマ大統領がいち早くいった言葉が印象にのこっている。その演説のなかで、「彼の上に天罰が下ったのだ」といい、「われわれには自由と正義があり、神のもとで分かちがたい国家をつくっているのだ」といってしめくくっていたからである。「天罰」と「神」という二つのキーワードがその演説の骨格を浮かびあがらせているようだった。

因果はめぐるというべきか、いまから十年前の九月十一日、世界貿易センタービルがアルカイダの世界戦略のもと、一瞬のうちに破壊されてしまったときのことが蘇る。あのときの凄惨な現場で、ときのブッシュ大統領が小さなメガホンを手にして立ちあがり、つよい言葉で復讐を誓った姿が目に焼きついている。

それはふたたびテロの報復を呼ばないか、復讐の連鎖という悪循環をひきおこさないか、そういう疑念を誰の心にも植えつけたはずだった。だがその不安は結局、ブッシュ前大統領のいう「対テロ戦争」の宣言と、オバマ大統領による「神の名における天罰」の声の前に、みるみるしぼんでいったのである。

大統領が天（神）に代って不義（不正義）を討つと、それこそ天下にむかって宣言したとき、ああ、それはわが武士道の流儀でいえば、「上意討」のことか、と自分にいいきかせ、妙に納得したことを覚えている。上意討とは、主君の命を受けて罪人を討つことであるが、江戸時代にはしばしば登場してくる敵討ちの作法であった。敵討ち（復讐）を正当化する封建制下の装置の一つということになるが、要するに社会の秩序を維持するための便法であった。

この武士道の流儀における敵討ちの問題に、生涯をかけてとりくんだ作家が長谷川伸である。氏の敵討ち小説（または芝居）は膨大な敵討ち研究によって裏打ちされ、大正十年代から死の直前の昭和三十年代までほとんどとだえることなく書きつがれていた。なかでも「伊賀越えの仇討」で知られる『荒木又右衛門』が代表的な作品で、これは昭和十一年から翌年にかけて執筆された。長年にわたる研究の成果がそこに結晶しているといっていいが、その後も敵討ちを探求する志と情熱はすこしも衰えることなく、晩年まで持続した。

いま上意討の問題にふれたが、それが小説『荒木又右衛門』のなかにも出てくる。本書でもくわしく論じたことであるが、当時、敵討ちは尊属が卑属のためにやってはいけないものだった。卑属が尊属のためにおこなう。だから主、父、兄のためにする敵討ちは認められるが、子のためとか、弟のためとかいう卑属のための復讐は認められなかった。

伊賀越えの仇討では、兄の渡部数馬が闇討ちにあった弟、源太夫のために河合又五郎を討ちとるというわけであるから、右の法則によってご法度とされた。この禁制のジレンマを、どのようにしてのり越えたらよいのか。そこに荒木、数馬の側から持ちだされたのが上意討による復讐、という論理だった。むやみやたらに敵討ちに走ってはならぬとする制度的な歯止めであったといっていいだろう。

もう一つの制度が、又敵《またがたき》を禁ずるという慣習である。仇を討った者が、こんどはその仇の親族によって命をねらわれる。それを放置すれば、怨念と復讐の無限連鎖の暗い悲劇がはじまる。取り締る側からすれば、悪と暴力への衝動が野放しになるわけであり、そのことへの不安と恐怖が増幅していく。

それらの社会の背後にひそむ暗部をどのような形で解決し救ったらいいのか、長谷川伸の関心はしだいにそこにしぼられていったのではないだろうか。そしてその証しともいえる作品が、死の直前までとりくんでいた小説『日本敵討ち異相』だったと思う。昭和三十六年十二月から同三十七年十二月にかけて『中央公論』に連載されたが、その翌年三十八年六月十一日になって心臓に異変があらわれ、永遠の眠りについた。ときに七十九歳だった。

それにしても長谷川伸は最晩年にいたるまで、なぜ飽きることなく敵討研究をつづけ、敵討小説を書きつづけたのであろうか。その関心の強さはいったいどこからくるのだろうか。死の五年ほど前のことになるが、氏はこんな文章をのこしている。

敵討ちの事蹟をあつめること三百数十件、その中には、敵討ちをやりとげさえすればいいかのごとき、イヤな後口《あとくち》のものもあれば、その反対に、討つ方にも討たれる方にも、心惹かれるようなのもある。人と人と、事柄と事蹟とが、ちがっている限り敵討ちだからとて、当然、いろいろの〝形〟と〝相〟とがあるはずである。（『長谷川伸全集』第十二巻、一五六頁）

氏の基本的立場が、本書でも指摘しておいたことだが、ここに端的に表明されているといっていいであろう。その長谷川伸が今日もし生きていたとすれば、さきのオサマ・ビンラディン暗殺のニュースをきいて何といったであろう。おそらく「イヤな後口」の復讐劇、といったのではないだろうか。

長谷川伸といえば、やはり『瞼の母』を思い出さないわけにはいかない。この作品は戯曲ではあるけれども、作者自身のことを書いたものだった。生き別れたままの実母を恋い慕い、ついにその思いがきわまって物語化されたのである。

その長谷川伸が、じつに四十七年の歳月をへだてて生母との再会をはたし、社会的に大きな話題になる。作家はすでに五十歳になっていた。四歳にして生母と別れるという辛い体験をしているからであろう。氏は終生変わることなく、孤児の運命につよい関心をもちつづけていたようだ。そのことが氏のエッセイ「親探しの話」のなかに出てくる。

その長谷川伸の関心と思いの深さが、ことしの三月十一日、東北地方を襲った巨大な地震と津波で多くのみなし児が発生した、というニュースをあらためて私のうちに喚起するのである。親を失ない、生活の基盤を奪われた孤児たちである。その「親探しの話」には、こんな文章が出てくる。

わたくしの戯曲のうち、『瞼の母』の番場の忠太郎も、『一本刀土俵入』の駒形茂兵衛も孤児である。そのほかに俗に股旅物という戯曲の主人公の大抵は、親のない子である。親があって家がある子なんかでは主人公にして、することなすことの一々に、同意して書く気になれないからである。

若かった昔のわたしと、一っ帳場（土木の現場）に働く泥んこ仲間には親のない子がいくらもいた。そんなことが今いったようにさせるのだろう。

（『長谷川伸全集』第十二巻、四八八―四八九頁）

長谷川伸には、実子はいなかったようだ。そのかわり、見も知らぬ若者たちにひそかに学資を出し、大学を卒業させ、就職の世話までしていた。それが、五人や六人ではなかったという。氏が亡くなったとき、葬儀の場には大勢の読者と思われる人々が焼香に訪れたが、そのなかには生前の長谷川伸による世話で世の中に出た人々がたくさんいたのである。

主な参考資料

『長谷川伸全集』（朝日新聞社、一九七一―一九七二年）
『時代小説盛衰史』大村彦次郎（筑摩書房、二〇〇五年）
『長谷川伸論』佐藤忠男（中央公論社、一九七五年）
「上方芸能」１４９号〈映像の中の芸能④『一本刀土俵入』〉藤井康生（上方芸能、二〇〇三年九月）
『菜の花の沖』司馬遼太郎（文春文庫、一九八七年）
『日本捕虜志』長谷川伸（中公文庫、一九七九年）
『坂の上の雲』司馬遼太郎（文春文庫、一九七八年）
『たたかいの原像　民俗としての武士道』千葉徳爾（平凡社、一九九一年）
『山の人生』柳田国男（郷土研究社、一九二六年）
『柳田國男全集』第十四巻（筑摩書房、一九九八年）
「毎日新聞」一九六三年六月十二日夕刊
「望星」二〇〇九年二月号（東海教育研究所）

月刊誌『波』二〇一〇年一月号～二〇一一年六月号に連載された「長谷川伸と日本人」を加筆修正しました。

新潮選書

義理《ぎり》と人情《にんじょう》　長谷川伸《はせがわしん》と日本人《にほんじん》のこころ

著　者………………山折哲雄《やまおりてつお》

発　行………………2011年10月25日

発行者………………佐藤隆信
発行所………………株式会社新潮社
〒162-8711 東京都新宿区矢来町71
電話　編集部 03-3266-5411
読者係 03-3266-5111
http://www.shinchosha.co.jp
印刷所………………大日本印刷株式会社
製本所………………大口製本印刷株式会社

乱丁・落丁本は、ご面倒ですが小社読者係宛お送り下さい。送料小社負担にてお取替えいたします。
価格はカバーに表示してあります。

ISBN978-4-10-603689-7 C0395